L'Appelante

Yves Thériault

L'Appelante

Nouvelle édition

Introduction de
Laurent Mailhot

BQ

BIBLIOTHÈQUE QUÉBÉCOISE

Bibliothèque québécoise inc. est une société d'édition administrée conjointement par la Corporation des éditions Fides, les éditions Hurtubise HMH ltée et Leméac éditeur.

Éditeur délégué

Jean Yves Collette

Conseiller littéraire

Aurélien Boivin

DÉPÔT LÉGAL : TROISIÈME TRIMESTRE 1989
BIBLIOTHÈQUE NATIONALE DU QUÉBEC

ISBN : 2-89406-038-6

Un réalisme aveugle ou visionnaire ?

Tu as des visions.
Une fille en robe verte.
Un buisson qui bougeait dans le vent.

Le titre est d'une heureuse ambiguïté. *L'Appelante* est d'abord la femme qui sert d'appât, qui appelle comme un oiseau, une chanterelle, un leurre. C'est aussi celle qui porte sa cause en appel et veut faire renverser un jugement de première instance. Sans pour autant se pourvoir auprès d'un tribunal supérieur, extérieur. Sous la loi du talion, elle exécutera elle-même — en appel, par vengeance — la sentence qu'elle a prononcée. *L'Appelante*, c'est une histoire de chasse et de justice naturelle.

Beaucoup de clichés dans ce récit — sur le printemps, le « doux coton du parfait amour», la «blanche lave » du volcan sexuel — des préciosités moliéresques (« péronnelle »), des proverbes mal déguisés (« Au royaume des aveugles... », « les jeux sont faits »). Mais aussi une certaine distance, un regard ironique sur le non-regard, la fatuité, l'inconscience. Notamment dans la description de la noce, au chapitre seize. De banals couchers de soleil (« un ourlet rouge à l'horizon »), à côté de coups de pinceaux vigoureux, définitifs. On n'oublie pas l'incipit, avec ses trois vaches à l'odeur palpable, au calme olympien, vers lesquelles Henri tourne « ses yeux sans regard et sourit ». On n'oubliera pas non plus le geste et la couleur du dénouement.

Le métier d'aveugle

« Il se retrouvait. Il se retrouvait toujours, c'était le miracle. » Ce miracle permanent n'en est pas un, car Henri a soigneusement appris depuis dix ans, bosse après bosse, par le nez et par l'oreille, son « métier d'aveugle ». Cette technique, cet art, il l'étudie encore, « chaque matin de sortie », comme une leçon à « réapprendre ». Il le répète devant son miroir opaque comme une attitude à tenir, un rôle à jouer. Henri se regarde être aveugle. Henri s'admire, se glorifie d'être aveugle. Son métier est une vocation.

Il marche, guidé par la « poussière du chemin des Anciens ». Il est le « dieu et maître », le roi heureux et solitaire d'une pinède enchantée. Il fait tout par intermédiaire : son frère cultive la ferme qui lui appartient, les oiseaux chantent pour lui, les amoureux aiment à sa place (et lui à leur place, à l'occasion). Henri touche à tout, de loin, au bout d'un bâton, mais rien ne le touche. « Il étendait la canne, touchait à la vie, mais il y touchait comme du dehors... » Henri ne touche, ne voit que lui-même.

Il n'a pas de chien (trop vivant), mais une longue « canne de noyer grosse comme un poignet » avec laquelle il cogne, coupe, fauche, décapite. La canne est son bras, sa main, son sexe, son œil, son cerveau. « Il fouettait toujours, à grandes envolées, sans souci de rien, par seul plaisir de frapper, de vaincre, d'asservir. Peu importait qu'il n'ait alors de conquête que l'air et le soleil, que les chants d'oiseaux et les brises douces ! » Henri s'agite en l'air, se venge sur le ciel du fait qu'il ait perdu peu à peu « la mémoire de la lumière ». Sa canne blanche est une main contre le soleil, un bras contre le vent, un œil contre la nuit.

Dans sa nuit qu'il prétend lumineuse, Henri tranche tout et tranche de tout. Ses gestes sont brusques, ses paroles rares et saccadées ; il a « des traits fulgurants de souvenir, comme un éclair ». Il crie, il s'emporte, chante à tue-tête, « effrayant les oiseaux » (éventuels appelants) et les enfants. L'aveugle de *l'Appelante*, malgré ses vantardises et les trucs du « métier », n'est pas un comédien. Il se prend trop au sérieux. Orateur plutôt qu'acteur, et voyeur plutôt que voyant. Il voudrait tout contrôler, tirer les ficelles, souffler les répliques, et la pièce lui échappe, la scène se dérobe. Il évolue dans un décor de carton-pâte, immobile tout en gesticulant, sourd aux bruits et aux paroles qu'il entend. Seul en lui-même avec de vagues ruminations comme monologue intérieur.

Un pays étrangement familier

On a vu le chapitre onze, sur le village et le pays d'Henri, comme une « digression », un « temps mort[1] » qui ralentit le progrès de l'action. Cette halte — cette plage, ce lac étale — située au deuxième tiers du récit, est en effet d'un tout autre type que l'intrigue jusquelà amorcée et le dénouement qui suivra. Daniel, à la page précédente, entrevoyait confusément « une chose innommable, des complots affreux ». Henri, lui, n'est « hanté » que par le sexe et le mariage, les « mots de mariage ». « Épouser l'inconnue ? » Il l'épousera. Auparavant, il était bon de suspendre le temps, d'arrêter l'action, pour rattacher cette « inconnue » (et pourtant proche, voisine) à l'inconnu qu'est pour le lecteur le paysage et les paysans qui entourent Henri.

Le chapitre onze, qui éclaire le lecteur (et le récit), est un point aveugle pour Henri. Ce n'est plus lui qui parle, qui se parle, c'est une sorte de Dieu auteur et narrateur. « Tout ou rien, sous l'œil de Dieu. » L'anti-aveugle voit tout, crée tout : « la joliesse du site, l'étonnante douceur des côteaux, l'immensité du ciel, l'allure de sagesse ancienne des arbres ». Mais où sommes-nous ? Dans *la Bible*, dans une légende médiévale, dans une saga scandinave ? « Le pays de l'aveugle, c'était fait de vallons et de vals, de ruisseaux, même de rivières sillonnant entre ces collines rondes comme des seins de filles, ici et là plantées d'arbres. » C'est encore vague, idyllique. Thériault précise : un pays d'occident, « mais de cet occident qui jouit à longueur d'année d'une ceinture altière de montagnes qui touchent le ciel », et dont l'hiver (la neige) ne dure que six semaines, dont l'été est doux. Pas au Canada, donc. Où, en Europe ? Peut-être en Savoie, dans le Val d'Aoste, en Suisse (même si la terre et les habitants sont pauvres). Pas très loin de la Méditerranée, puisqu'on mentionne au passage une certaine Piella et « la grosse Bianca, l'Italienne venue dix ans auparavant de quelque part au sud ». Dans un pays francophone, en tous cas, puisqu'on s'appelle Bralon, Loudron, Tenuet, Jacol, Mérindat, Mansour, Brantôme, Vaguerand.

Tous ces noms, comme la description — l'évocation — du pays (des « chemins creux », un maréchal-ferrant, des cuisines basses avec « âtre à plein mur »), renvoient à un univers fictionnel convenu. Et moins à Ramuz, le romancier vaudois, ou à *l'Influence d'un livre* [2], le premier roman québécois, noir, gothique, où la magie joue un rôle important, qu'à l'œuvre même d'Yves Thériault depuis les *Contes pour un homme seul* [3] et le *Marcheur* [4].

On est dans un autre monde, dans un pays étrange, étranger, et pourtant familier, reconnu sinon connu. On est hier, autrefois, *in illo tempore*. On pourrait se croire en Corse, vu la vendetta, ou chez Mérimée, chez Maupassant. On pourrait se croire au Moyen Âge (Daniel est le «vassal» d'Henri), s'il n'y avait un «car délabré» et si la « sorcière magistrale » n'habitait pas en « banlieue ». « C'était un pays d'initiation ; on y trouvait des mages et des sorcières. Un recommencement, à cette époque, de rites anciens... disparus, puis retrouvés », écrit avec un clin d'œil Yves Thériault.

Comme une bête

Un critique[5] ayant qualifié *l'Appelante* de « fable », Yves Thériault réagit vivement : «Depuis quand un romancier n'aurait-il pas le droit d'écrire, à son gré, une fable[6] ? » Puis il se met à défendre le « réalisme » de son récit : il aurait personnellement connu Henri, son cousin, devenu aveugle à la suite d'une explosion de dynamite, qui habitait la ferme « où je passais mes vacances de pré-adolescence » et qui «en fin de compte agissait tout comme mon personnage de *l'Appelante*[7]». Même la magie « se pratique infiniment plus » que l'on ne croit au Québec, où, dans certaines régions, « les sorciers font des affaires d'or ». Les actes posés dans *l'Appelante* sont « coutumiers » et les personnages, « bien de chez nous », insiste l'auteur.

Dans *l'Herbe de tendresse*[8], un narrateur algonquin de Thériault intitule son récit « Atisokan », mot qui signifie « conte ou fable ». Il s'agit d'une histoire d'amour avec une Blanche, où intervient une ourse blessée, jalouse, qui se vengera. La vengeance de *l'Appelante* est du même ordre : anthropomorphique, mécanique, instinctive. Lisette, qui n'a pas de visage pour l'aveugle (il l'a, en plus, défigurée sans le savoir) et qui longtemps n'a pas de nom (elle est pour lui « l'inconnue » ou « la fille ») est associée à la pinède, à la mousse. Pas au « fluide animal habituel », mais à un « effluve à peine perceptible » qu'Henri prend tout de même pour une de ces présences « monstrueuses » qui le font paniquer.

Sauvagement, comme un animal, comme une bête : telle est la comparaison-leitmotiv du récit. Henri est un lion enragé ou un loup solitaire qui déchiquette à « grandes dents » son cuissot. Son frère, Daniel, est un mouton ou un modeste cheval de labour. Sa belle-sœur, Judith, parfois « blême comme un hibou d'hiver », a le « rictus du chat qui épie une proie, qui s'apprête à bondir », La vie, les femmes en général sont des «chiennes». L'« appelante », enfin, est un oiseau-leurre, un oiseau de malheur, un rapace.

À la fin, après avoir défenestré l'aveugle et en avoir fait un paraplégique, la jeune mariée prend toutes les choses en main :

> Puis elle lui asséna un coup de canne en plein visage. Sans même essuyer le sang qui gicla jusque sur la veste d'Henri.

Voilà pour la morale. Le retournement de l'histoire (romanesque) est un retour de la bête (fabuleuse).

LAURENT MAILHOT

Notes

1. Maurice Émond, dans *Livres et Auteurs québécois 1979*. Québec, PUL, 1980, p. 85.
2. De Philippe Aubert de Gaspé fils (1837).
3. Montréal, éditions de l'Arbre, 1944 (HMH, 1965).
4. Montréal, Leméac, 1968 (pièce créée en 1950).
5. Alain Pontaut, « Yves Thériault et les excès de la nature ». *La Presse*, 6 janvier 1968, p. 35.
6. *Textes et Documents*. Montréal, Leméac, 1969, p. 72.
7. *Ibid.*, p. 73.
8. Montréal, VLB, 1983, p. 219.

Chapitre un

Dans l'ombre sous le gros chêne, il y avait trois vaches. Leur senteur âcre et lourde vint toucher Henri. Il huma doucement, chercha une seconde à peine la direction, puis il tourna vers les bêtes ses yeux sans regard et sourit.

Il se retrouvait. Il se retrouvait toujours, c'était le miracle. Ici, c'était la courbe du chemin, près des deux mornes. Jalons, points de repère. L'été, par l'odeur des bestiaux, en hiver, le tronc sonore d'un bouleau mince, croissant, perdu, sur le bord du fossé. Si jamais le bouleau n'était plus là, il y aurait le morne. Celui de gauche était bosselé, son granit poli d'âge faisait rebondir loin le bout de la canne. L'autre morne — à peine un étoc, à dire vrai — tout en étant plus lisse, portait ses ans et la pierre en était pourrie. Sur elle, la canne frappait d'aplomb, sans rebondir et en rendant un son mat et sans vigueur. Aux froids d'hiver, pour les deux pierres et dans chaque cas, plus encore, à cause du gel et de la froidure portant tous les échos...

Autre chose guidait aussi Henri, en hiver, lorsque

toutes les bêtes étaient à l'étable et quand la neige sur la route pouvait bien le faire dévier et passer trop loin des rocs. C'était parfois peu, ce qui restait pour le guider, une fumée sur la brise et savoir reconnaître si c'était celle du feu chez le voisin ou chez soi. Des sons, des craquements indiquant un bosquet résistant au froid, un cri très loin, les clochettes au cou des moutons... Il y avait tant de choses, parfois à réapprendre chaque matin de sortie. Aussi restait-il de préférence à se chauffer tous les jours près du feu, et ne passait le seuil de la maison que s'il le devait sans pouvoir en changer.

Mais aujourd'hui, constance d'été, présence réelle des jalons, le privilège de marcher quasi à grands pas.

Ici, cette odeur.

Plus loin, du roc d'affleurement indiquant l'entrée de Bralon, son deuxième voisin. Un peu plus loin, un buisson de ronces, l'endroit où tourner dans le sentier menant à la pinède.

Il aimait la pinède. Il lui semblait être dans quelque cathédrale. Il se souvenait du temps de la lumière, alors qu'il venait ici avec Rose.

Elle se laissait tomber sur les aiguilles, montrant parfois plus de cuisse qu'elle ne croyait. Mais il ne la prenait pas ; il était chaste alors. Surtout, il était timide.

Combien de pas jusqu'aux deux souches côte à côte ? À l'accoutumée, il en comptait cent, à partir du moment où il foulait les premières aiguilles sèches. Mais c'était autre chose qui le guidait tout aussi sûrement. À l'orée de la pinède venait un vent doux, ondulant, qui cascadait le long du sol à partir des hautes branches et venait s'affaler contre une longue clôture de pierres plates entassées en un solide obstacle à la lisière du champ de Bralon. C'était ce vent surtout, et son odeur, et la façon qu'il avait de s'entortiller autour des êtres, qui dirigeait Henri plus sûrement encore vers son sentier que ne l'aurait fait toute mathématique des distances.

Une vaste allégresse l'envahit quand il se trouva enfin dans la pinède. Ici, il se délectait de l'air qu'il respirait, des odeurs qui voyageaient sur le vent, du goût même de ce vent. Il aimait la caresse sur la peau nue des bras, il la reconnaissait, cette caresse, elle ne ressemblait à nulle autre.

Ici, c'était un royaume, un asile. Il percevait l'humidité de la source non loin, la brise portait la fraîcheur de la rosée sur les récoltes germées dans les sols environnants. Plus tard, quand viendrait l'ère des moissons, ce serait la forte odeur, l'arôme puissant des grands champs de foin et d'avoine, cette odeur capiteuse, tiède, qui monte des arpents dorés.

Tant d'odeurs, points de repère elles aussi, grâce auxquelles il pouvait survivre chaque jour et se promener à sa guise. La poussière du chemin des Anciens, avec sa senteur d'argile et de silex emmêlée, ou bien l'odeur rance de la pierre chaude, dans le chemin creux aux parois perpendiculaires de granit bleu...

Henri trouva l'une des deux souches larges et s'y assit. Il savoura sa joie. Il la laissa l'emplir, le posséder de haut en bas.

Mais à la façon qu'il avait lui, et qui n'était point ordinaire : jamais en demi-mesure, puissance de vie, étreinte à brassée pleine, comme si chaque matin, levé tôt, il sortait dans le jour nouveau pour en prendre possession de tous les gestes de son corps en ruée subite.

Il fouetta devant lui avec la canne.

Elle vrombit librement et il fouetta encore, lançant en même temps un cri rauque, et il eut un geste rapide des pieds, comme l'esquisse d'un pas de danse.

Maintenant il fouettait sans arrêt et criait :

—Chienne de vie ! Chienne de grande nature ! Je vous ai eues, mes garces ! Je vous ai tous les jours ! Tous les jours, sales chiennes !

Il fouettait toujours, à grandes envolées, sans souci de rien, par seul plaisir de frapper, de vaincre, d'asservir. Peu importait qu'il n'ait alors de conquête que l'air et le soleil, que les chants d'oiseaux et les brises douces ! Il avait mis dix ans à étudier de métier d'aveugle, dix ans et voilà qu'il allait dans tout le pays à sa guise, qu'il cheminait sans aide dans tous les sentiers, et qu'il allait de sa maison au village, et rendu là, partout où il lui plaisait d'aller, sans conseils maintenant, désormais sans guide, sans maître.

C'était surtout ça, le cri de joie animale : sans maître ! Alors qu'il aurait facilement pu être asservi à sa nuit...

Il répétait toujours, criant en fouettant avec la canne : « Je vous ai eues, mes sales chiennes ! »

Jour de mai, ce matin-là, tournant de chemin peut-être, avoir conscience finalement de toutes les étapes franchies. Y avait-il un seul endroit où il ne pouvait aller, maintenant ? Sans égards aux embûches, désormais, sans jamais tomber, sans jamais plus se perdre...

(Mais combien de fois réduit à l'immobilité, dans les premiers temps, n'osant plus soudain mettre un pied devant l'autre, conscient du danger, attendant quelque instinct qui lui dise où il se trouvait vraiment, un instinct qui l'empêchait à la fin de poser le pied là où c'était le gouffre, et le dirigeant là où c'était le bon chemin des hommes... Combien d'angoisse, jamais révélée à son entourage ; combien d'épouvante, en ces temps-là, jamais manifestée ?)

Quelqu'un sifflait dans un champ. Le son venait avec les odeurs.

« Camille, songea Henri. Camille qui se sent gai. La Douce qui lui fait la bonne épouse, sans doute... »

Il se releva, se remit à marcher, la canne redevenue l'œil qui observe et décèle à mesure...

Henri s'avança bravement dans le noir, son noir à lui, sa nuit : autrefois son désespoir.

Maintenant, il perdait de plus en plus la mémoire de la lumière. Enfant, puis jeune homme, il avait vécu du soleil, il en avait bu, s'en était gavé à pleines journées. Tout cela lui semblait aujourd'hui un rêve très ancien. Il ne lui en restait que de vagues échappées, des traits fulgurants de souvenir, comme un éclair, comme une torture subite. Alors il se prenait la tête à deux mains et il gémissait tout bas, dans son coin.

Chez ses proches du temps — aujourd'hui morts, aujourd'hui, comme la lumière, disparus et quasi oubliés — on avait craint après l'accident qu'il ne sache jamais vivre dans le noir, mais les craintes étaient vaines.

Il avait appris, et bien appris. Il vivait au chaud dans son noir. Il y avait son monde et son occupation. Il voyageait dans un pays solitaire, mais il en était le roi. Il étendait la canne, touchait à la vie, mais il y touchait comme du dehors, comme s'il eût allongé le bras par delà une crevasse de la grande muraille, pour palper un pays étranger.

Et de tout cela il jouissait sauvagement. Il s'était inventé une joie énorme, continuelle, frôlant parfois une sorte de frénésie. Dans le soleil qu'il ne voyait plus mais dont il sentait les rayons, il chantait à tue-tête, effrayant les oiseaux, effrayant les enfants. La nuit, il allait marcher, puisque ce n'était rien que cette nuit du dehors qu'il ne percevait plus. Il errait sans but, épiant tous les sons, humant les miasmes montant des marais, délogeant à coups de canne les bêtes qu'il entendait bruire dans les fourrés.

Et parfois il chantait aussi la nuit.

On l'entendait de toute part, à travers le pays, et plus d'un être se pelotonnait sous les draps, inquiet, hésitant entre une sorte de peur originelle de cet homme devenu étrange, et la colère de l'entendre hurler ainsi, sans égards pour les dormeurs, roi véritable d'un royaume où personne de sa contrée n'aurait pu accéder.

Libre enfin. Libéré. Incroyablement seul avec lui-même.

Le dimanche, lorsque la femme de Daniel, son frère, qu'il gardait chez lui comme vassal — se pouvait-il trouver autre dénomination pour l'asservissement d'un besogneux voyant à un aveugle tyrannique ? — lorsque cette femme mettait au four un cuissot, qu'elle le servait obligatoirement en entier à Henri, il y mordait avec de grandes dents de bête. Il arrachait la chair d'après l'os, il mâchait goulûment, il triturait les fibres, il en exprimait tout le jus et le goût.

Et cela faisait un bruit de forêt, un bruit de loup, un bruit de mort.

La femme de Daniel se détournait en se bouchant les oreilles. Mais comme elle et son mari vivaient en entière dépendance sur cette ferme, elle s'imposait de ne rien dire. Elle craignait le jour où, n'en pouvant plus, les mots viendraient, le volcan exploserait en elle, détruisant tout.

C'était peu, ce qu'ils recevaient, mais ils n'avaient rien d'autre et elle arrivait encore à garder le silence.

Même quand l'aveugle errait la nuit autour de la maison. Même quand il se remettait à vivre chaque matin, criant après les bêtes, chantant de sa voix rauque, hurlant des blasphèmes à tout venant pour des riens. Même quand, à table, il se jetait sur son plat comme un animal qui va extirper des entrailles.

— Ma vie ! criait Henri. Ma vie à moi !

C'était son credo, la phrase de courage, la phrase de puissance. « Ma vie à moi, dont je suis le maître ! »

Et ainsi sur ses chemins.

Ainsi dans ce matin d'un jour de mai, s'engageant dans le sentier. À travers la pinède d'abord, dont il ressort, puis ensuite le long de ses champs à lui, autant à lui que la vie, et auxquels il arrache tout comme il donne tout.

Maintenant qu'il était hors de la pinède et près du premier grand pâturage de sa ferme, il marchait d'un pas plus lent, assuré, la canne bougeant à peine, tâtant la voie à suivre.

Quand la canne lui disait — mémoire des sens et de combien de fois ce chemin parcouru, quand il apprenait que pour un temps il n'y aurait point d'obstacle et seulement le chemin lisse, il obliquait vers les fourrés en bordure du fossé. Il y tapait de la canne, il fouillait dans les branches, il tâtait les baies, il caressait les fleurs. Mais toujours, il restait au-dedans de sa forteresse. La canne pouvait prendre contact avec la fleur ou le fruit, avec la tige forte ou la feuille souple, mais jamais il n'y touchait de ses mains, et ainsi rien de cela ne l'atteignait vraiment, lui, en son être comme il aurait fallu, un partage vivant...

S'il se lassait au jeu de l'exploration, il fauchait alors, toujours de la canne, il décapitait les tiges, il arrachait les feuilles, rompait les branches.

Derrière lui, dans le sentier, le sol durci était jonché des restes de cette nature qu'il détruisait à sa guise.

— Un jour, avait dit la femme de Daniel, il périra parce qu'il ne respecte rien et détruit tout sur son passage.

On avait répété la chose de maison en maison, jusqu'au village : « L'aveugle périra parce qu'il ne respecte rien. Avec sa canne il abat tout, il enfonce tout, il méprise ce qui l'entoure... »

Bien entendu, cela vint aux oreilles d'Henri. Le matin même de ce jour-là, où il continuait à faucher selon son plaisir, on le lui avait répété, au village. Et s'il venait si tôt dans l'avant-midi vers la maison, c'était qu'il avait une femme à confondre, une femme assez malhonnête pour aller parler contre le pain donné et le toit solide.

Puisque Daniel son frère ne pouvait mâter une pareille créature, lui, Henri, saurait bien s'en charger.

Soit, il avait presque oublié la chose. Le beau jour l'avait remis en joie. Et le bref passage dans la pinède l'avait ému, un émoi qu'il était le seul à connaître et dont il n'avait jamais parlé à quiconque.

Mais lorsqu'il s'était remis à faucher avec la canne, il se rappela les mots du marchand Dessaille, au village. « Prends garde à la femme de ton frère, avait-il dit. C'est une mauvaise langue. » Le marchand Dessaille savait bien que des deux, c'était Henri le client, le payeur, celui à flatter et à soigner avec grande attention. Pour l'heure, Daniel ne possédait rien et ne posséderait-il jamais ? On ne lui savait aucun talent pour grandir dans la vie. Il avait une âme de vassal, et vassal il était chez son frère Henri. C'était l'entier de ce qu'il pouvait accomplir.

En reprenant le chemin de la maison, en adoptant graduellement et comme si la rage revenait en lui telle une marée montante, une démarche plus rageuse, plus arrogante, c'était à la femme qu'allait l'aveugle ; la femme à punir de son insolence. La femme à confondre, puis à asservir une fois pour toutes.

On verrait bien qui était le maître sur ce bien.

Henri la retrouva facilement près du puits, elle avait une odeur forte de vieille sueur.

— Je reviens du village, dit l'aveugle.

La femme respirait, sans dire mot.

Un oiseau au loin, une cigale, des sons de nature ; hommes et bêtes aux champs.

Ici, dans l'alentour, rien. Seulement cette respiration un peu haletante de la femme.

Voyait-elle, sur le visage d'Henri, cette rage qu'il tentait de refouler encore en lui ?

Il la tenait par le bras. Sa chair était moite, un peu gluante, celle d'une femme mal lavée qui accomplit des besognes salissantes.

— Il se dit, fit Henri, que tu parles contre moi...

Un temps, puis la femme :

— Contre vous ?

— Tu as dit qu'un jour je périrai parce que je ne respecte rien... C'est vrai ?

Le silence, toujours. Du soleil pesant comme de la pierre. Et chaud, asséchant, momifiant.

Sous la poigne de l'aveugle, la femme se raidissait, comme si un certain courage renaissait en elle ; une témérité née de la peur folle, de la suée continuelle.

— J'ai peut-être dit ça, admit-elle d'une voix égale, pourtant. Je ne mentais pas, c'est sûr. Je ne mentirais pas en le disant. Vous périrez un jour, votre sort est fixé, parce que vous ne respectez rien et que vous détruisez tout. Dites-moi quelle chose vous respectez ?

— Et ma terre ? hurla l'aveugle. Je détruis mes champs ? Mes animaux ? Je ne respecte pas mon bien ?

—Le meilleur de votre bien, dit la femme, c'est nous. Daniel et moi. Sans nous, vos champs ne vaudraient rien et vos animaux mourraient. Et vous nous respectez, nous ? Daniel plus que moi, mais moi ? Et je ne trime pas assez, du levant au couchant. Comme une bête?

—Tu as le sort que tu mérites, hurla Henri.

Il se mit à la secouer, la retenant d'une main, elle pourtant forte, et de son autre main tenant solidement la canne, il la frappait à grands coups.

La femme hurlait comme un animal, éveillant tous les échos. Mais l'aveugle n'en avait cure. Il frappait dru, n'importe comment, rouant de coups celle dont il avait fait une esclave dès l'instant où elle était entrée dans la maison.

Daniel, qui était dans la maison, sortit en entendant les cris de sa femme, et courut pour la protéger.

Alors la colère d'Henri ne connut plus de bornes.

—Tu protèges ta femme qui parle contre moi au village ?

—Tu vas la laisser !

Daniel tirait de son côté, et l'aveugle retenait toujours du sien. La femme, tiraillée, criait de plus belle.

Subitement, l'aveugle la libéra.

—Je vous chasse, cria-t-il, je vous chasse tous les deux.

Toute sa colère était vidée. Il ne restait plus qu'une immense lassitude. Ce n'était certes pas ainsi qu'il avait conçu la joie du jour. Vivre, garder avec lui Daniel et sa femme, compter sur eux pour la besogne, s'en remettre à eux pour tout, croire en leur fidélité...

—Je vous chasse, dit-il d'une voix morne. Allez-vous-en.

— Tu as besoin de moi, de nous, dit Daniel. Et puis, je suis ton frère.

La femme pleurait.

— Ta gueule ! hurla Henri. Ta gueule ! La paix !

Il ne voyait pas qu'elle saignait des épaules, des bras meurtris.

— Nous ne dirons plus rien. Jamais rien, fit Daniel. Il venait de réfléchir, de comprendre ce que cela signifiait d'être chassés. Où iraient-ils, tous les deux ? Ils n'avaient rien.

— Tu n'auras plus de reproches à nous faire, ajouta-t-il, nous te serons serviables et francs.

— Et la femme ? demanda Henri. Sa langue de vipère ?

Mais il n'attendit pas la réponse.

— Je vous chasse tous les deux. Prenez vos hardes... allez-vous-en. Avant ce soir.

Ils partirent, finalement, mais au bout de quatre jours, Daniel revint, seul.

— Nous ferons le travail, promit-il.

Il était presque à genoux. Il avait pris la main d'Henri, et il la tenait fortement.

— Écoute-moi, Henri. Tu n'auras plus jamais rien à nous reprocher. La femme te demande pardon. Elle m'a demandé de te le dire.

L'aveugle ne répondait pas.

— Je t'en fais le serment, continua Daniel. La loyauté à la vie, à la mort.

Henri eut un sourire qui était presque un rictus.

— Le temps de votre absence, dit-il, j'ai fait changer mon testament chez le notaire. Vous n'aurez pas la maison, à ma mort. Vous n'aurez rien. Pas même mes hardes, pas un animal, rien. C'est ce que je vous offre, rien de plus : un toit, la table, et en retour, votre besogne de chaque jour.

Ils revinrent le soir même.

Dès le lendemain, ils reprenaient silencieusement la tâche.

Henri, lui, alla décapiter des fleurs à grands coups de canne. Dans la pinède, il chanta si fort que tous les oiseaux disparurent et ne revinrent qu'au bout de plusieurs heures, affolés par ces cris inhumains qui avaient troublé la sérénité des bosquets.

Chapitre deux

Un soir de brunante tardive — août viendrait sur l'entrefaite et la lourde odeur des avoines mûres flottait dans l'air du soir bleu — Henri dut sortir, tant il étouffait dans sa chambre à lucarne.

Il prit le chemin d'habitude, le long de sa terre et vers la pinède. Le chant secret de la nuit commençait à s'entendre doucement, grillons et hiboux lointains, insectes sans nom, à la voix d'élytres à peine perçue dans les herbes, crissements discrets comme un chuchotement d'amoureux.

Un rossignol s'éveillerait plus tard, et plus tard aussi d'autres oiseaux, au vol feutré, viendraient frôler de l'aile la joue de l'aveugle.

C'était le temps où les êtres de jour ont sombré dans leur sommeil et respirent à peine, terrés, dissimulés. Alors surviennent les êtres de nuit, inconnus et énigmatiques...

Cette nuit-là, quand monta une lune pleine et méprisante, Henri ne chanta pas. C'était pourtant son geste habituel : il ne savait pas vraiment que la lune brillait, mais il la sentait en lui. Comme une sorte de force qu'il ne comprenait pas, qu'il ne cherchait pas à s'expliquer. Ainsi savait-il, sans qu'on le lui dise, l'état véritable de la lune au ciel, et la présence de sa lumière sur le monde. Alors il chantait de ses grands hurlements sauvages, comme s'il lui fallait se vider de quelque trop-plein dont il ne pouvait s'expliquer la nature ou l'importance.

Il ressentit bien la présence de la lune, ce soir-là. Il la sut puissamment au ciel qu'il savait bleu et limpide. Il sentit monter en lui les mêmes marées, mais inexplicablement, il se tut.

Lorsqu'il était entré dans la pinède, un sentiment bizarre l'avait envahi. Il avait l'habitude de pressentir une proximité humaine ; de deviner mystérieusement une présence. C'était ainsi, à cet instant, et pourtant ce n'était pas absolu.

Il reconnaissait Loudron, Tenuet, Jacol ou Mérindat. Ils étaient voisins de cadastre, occupant les terres de ce demi-canton avant les orées nord et ouest du village. Ceux-là, même en un jour de vent bruyant, il les devinait, sans trop savoir comment. Une constatation rassurante, en tout cas.

Il savait tressaillir à distance quand il percevait le passage de la grosse Bianca, l'Italienne venue dix ans auparavant de quelque part au sud, qui faisait des lavages pour camoufler son autre métier, de nuit surtout, celui-là, que tous les hommes connaissaient bien, que les femmes dénonçaient sans jamais être très sûres, et que Bianca pratiquait dans le plus grand relâchement, mais au creux des bosquets, pour qu'il n'en paraisse rien. Mainte fois, butant sur elle presque à plaisir, Henri avait entendu fuir quelque villageois en poste et soucieux de la discrétion des choses.

Henri terminait invariablement l'offrande, soucieux pour sa part de la satisfaction de Bianca comme de la sienne propre.

Ces gens, ces présences faciles à deviner, bien d'autres du village que toujours Henri percevait sans angoisse, il eût été indifférent à l'âme de l'aveugle de les savoir dans la pinède ce soir-là.

Ce qu'il devinait était autre. Mais le devinait-il vraiment ? Était-ce une présence ? Il n'y avait pas le fluide animal habituel. Il y avait une perception, il ne l'aurait pas nié. Quelque chose, quelqu'un plutôt. Mais qu'il ne pouvait rattacher à une maison, à une famille...

Immobile dans une éclaircie, Henri huma, écouta, tous les nerfs tendus. Et pourtant, seulement la nuit... Mais cet effluve à peine perceptible ? Il cherchait le mot... un frisson ? Un frisson d'air ? Non, en lui, un frémissement sur la peau. Quelqu'un.

D'une voix calme, presque douce, il s'enquit :

—Il y a quelqu'un ?

Rien.

Henri se mâcha la lèvre. Il tentait de se morigéner, il ne faudrait pas que son sens de perception, ce sixième sens issu de la cécité, devienne une manie.

Il n'osait pas le dire : une angoisse.

Jusqu'ici, son triomphe était de cheminer à sa guise et presque aussi sûrement en tous ces lieux que s'il avait été voyant.

Il avança de quelques pas et l'effluve sembla plus défini.

Quelque chose se noua dans sa poitrine ; le germe de la peur...

Depuis qu'il s'était mis à combattre son infirmité, à en triompher jour après jour, avait-il jamais eu peur ?

Mais aussi, comment définir la peur ?

Pour lui, l'aveugle, la peur, c'était l'inconnu. S'il avait tellement triomphé, c'était parce qu'il habitait un même pays, cheminait les mêmes chemins, savait d'héritage d'abord, et de mémoire minutieusement cultivée ensuite, la place de chaque chose et son état. De tout cela, comment éprouver de la crainte ?

Restait l'inconnu.

C'était ça, la hantise : ces choses dont on ne sait ni la forme ni la force ; dont on ne sait si elles bondiront ou si elles ramperont vers soi. Que sont-elles, qui sont-elles ? Les sons nouveaux, que l'on associe à des choses, ou peut-être bien à des êtres.

Cela, jamais Henri ne le décomptait, ce sujet de peur, cet élan qui l'aurait porté parfois à fuir n'importe comment, à toutes jambes, quitte à buter ici ou choir là, quitte à s'enfoncer dans quelque abîme.

Cette nuit-là, il en était ainsi soudain de la peur d'Henri.

Il y avait quelque chose, ou quelqu'un : on bougeait. Même, on respirait.

Henri se raidit. Toujours immobile, il ne levait même pas sa canne, sur laquelle, pour l'heure, il était appuyé. La tête tournant en toute direction, il flairait...

Maintenant, un nœud se formait en lui, aux tripes.

Sa voix se fit rageuse.

— S'il y a quelqu'un, qu'on le dise !

Cette fois, il perçut le mouvement.

Tout près, à portée de canne presque, là, à ses pieds... Il n'y avait pourtant que de la mousse, là, un terre-plein où parfois il s'asseyait.

Des êtres ?

Quels êtres ?

Dans la nuit d'Henri, elles pouvaient quand même être monstrueuses, ces présences vivantes qu'il entendait respirer.

Et comme c'était le caractère d'Henri de foncer sur

l'ennemi, malgré la peur, malgré la panique, il s'élança soudain, la canne levée.

Il faucha de cette canne de noyer grosse comme un poignet. Il lança de grands coups devant lui.

Un cri se fit entendre : plus qu'un cri, un hurlement de douleur, des pleurs, une course, la fuite épouvantée de deux êtres...

La fuite se perdit dans le lointain.

Henri était seul.

—Qu'est-ce que c'est ? se demandait-il. Des amoureux ?

Il en fallait bien conclure de cette façon. Des amoureux en effet. Des gens surpris là. Mais qui ? La voix du cri était jeune, même très jeune. Il y avait eu un autre son, pareillement, à peine un gémissement, plutôt une expression d'effroi. Un cri de femme... non, de fille. Et puis un gémissement d'homme. Et la fuite. Difficile à déceler, les pas d'homme, les pas de fille, dans cette course, et dans la forêt...

Troublé, Henri ne bougea pas de longtemps.

Il écouta les sons une heure durant.

Et toujours la même question : que s'était-il donc passé ?

Qui s'était trouvé là ? Qu'y faisait-on, aussi ? L'amour ? Mais il n'y avait pas lieu de fuir de telle sorte. On savait Henri bien indulgent de ces choses, dans les parages. On aurait tout simplement continué, et peut-être avec un bonjour amical envers l'aveugle...

Henri en avait vu bien d'autres. Il était même au courant de la plupart des rendez-vous de minuit dans la pinède.

Ceux-là, tapis, respirant à peine, qui fuient dans l'épouvante, qui pouvaient-ils donc être ?

Chapitre trois

L'automne fut, contre l'habitude de ces contrées, doux et parfois extraordinairement paisible, sans grands vents, sans vastes murailles de pluie froide s'avançant sur le monde. Il n'y eut, pour bien dire, qu'une lente dégénérescence de l'été, une descente imperceptible à partir des hauts sommets de la chaleur, jusqu'au froid de l'hiver, mais jour par jour, heure par heure. Chaque matin, la brise plus fraîche, chaque soir un peu plus fraîche encore. Ici et là, un jour de plein soleil, tiède et caressant. Mais de semaine en semaine, la marche lente vers le froid, la neige, la glace.

Bien en prit la nature d'agir ainsi qui donna à Henri le temps de passer, plus facilement cette année que jamais auparavant, de ses cheminements d'été à ceux de l'hiver, infiniment plus difficiles.

Il vécut l'automne sans soubresaut, sans grande aventure, sans colères.

Il se laissa griser, comme il se devait, imitant les oiseaux, imitant l'air du ciel, par les premiers signes de l'hibernation.

Dans les bosquets, les·fleurs de juillet étaient devenues les baies du mois d'août, et avec les premiers froids d'octobre, les baies prirent une odeur neuve, envoûtante.

Les écorces mêmes, tout autant que les ramures, et les osiers des ruisseaux comme les noisetiers, tout irradiait des émanations dont Henri se souvenait à peine, tant cet automne lent était inaccoutumé. Il savoura les odeurs, il marcha lentement dans tous les bosquets, dans la pinède et le long de tous les chemins creux, et savoura toutes ces ondes nouvelles pour lui.

Mais il vint, ce froid. Il ne dure pas, en ce pays dont il est question. Il s'abat d'un coup, tord les gens et les bêtes, assaille les pierres et immobilise les arbres. Et puis s'en va, presque comme venu. Il vint, donc.

Un matin, au lieu de brise fraîche, brise froide ; au lieu d'eau calme, la glace.

Et dans l'air de chaque vent, cette étrange odeur de neige, qui est plus une sensation qu'une odeur, une sorte de prescience de neige, sans en être la senteur, puisque la neige est inodore, on le dit dans tous les bouquins de savants.

Elle est là pourtant, dans ce vent. On la sent, on la pressent.

Et puis elle vient.

Des coudées de haut, épaisse, glacée, hargneuse. Qui la dit belle n'est que passant ; qui la dit romantique n'est que déraisonnable. Elle ploie de son poids les branches et les casse. Elle s'entasse entre les rocs et y gèle en névés qui viennent à fendre les granits...

Henri, plus que tout autre, haïssait la neige.

Elle faisait de son pays familier un autre pays, qu'il devait réapprendre durant les cinq ou six semaines que durait la neige.

Et réapprendre, pour lui, c'était pas à pas, geste par

geste. Le froid, il ne le ressentait guère ; la chute des feuilles non plus. Que le pays entier soit glacial, il y manquait certes toutes les bonnes odeurs qu'aimait Henri, mais il s'y dirigeait quand même habilement. dans la neige, il se sentait impuissant.

Mais elle repartit, la neige. Un beau jour, comme il en avait été de l'automne, le printemps survint.

Tout doux, et doucement ; tout tendre, et tendrement.

Un printemps comme on les aime toujours, comme Henri les aimait, lui, passionnément.

Car alors c'en était fini des longues recherches dans le noir inconnu, nouveau, refait à une autre image.

La neige fondit. Un matin il fit un soleil de chaleur retrouvée : il transperça la neige, il l'écrasa de sa chaleur, il la réduisit graduellement à rien.

En une semaine, à petit train quand même, il ne restait plus de neige et le froid s'était envolé en même temps que, redevenue eau pure, elle rentrait en terre, son lieu d'élection.

Le premier bourgeon. Le premier bouton de fleur. La première herbe. Déjà les grasses odeurs voyageaient de-ci de-là. « Vivons, se disait Henri. Revivons. »

Il était sorti quand même durant cet hiver, mais moins souvent. Il avait passé des heures longues et pénibles dans la maison, à humer la sueur de sa belle-sœur, à entendre la respiration catarrheuse de son frère.

Lui qui aimait l'air frais et pur, il avait subi la chaleur étouffante de la maison surchauffée.

Péniblement, il avait survécu, mais il y avait laissé une fois de plus un peu de sa compréhension, de sa compassion. Il en avait si peu. Au lieu, l'exaspération et la hargne, nées de cette hibernation qui l'avait retenu là, impuissant, à demander dix fois le jour :

— Ça ne tiédit pas, dehors ? La neige est toujours glacée ?

Le premier jour de bon soleil, il l'avait passé assis dehors, à tâter la neige, à jouir cruellement de la sentir amollir, perdre sa consistance, céder au soleil puissant.

Et alors, quand est venu le printemps, Henri a presque couru, il a presque volé tant il se sentait oiseau, tant il sentait en lui un renouveau qui n'était plus une condition d'homme.

Il a repris tous ses chemins. Il a revu ses bosquets, il a déambulé de nouveau dans la pinède, il a refait tous les sentiers, et parcouru à nouveau tous les chemins creux. Et tout recommence.

Chapitre quatre

Encore la pinède. Mais un jour d'oiseaux et de soleil infiniment doux. Et pas un vent.

Cette fois, c'est au matin, bien après l'aube, huit heures sonnées depuis longtemps.

Pas question donc de cachette, de chuchotement, de gens pris en faute. La pinède est grande et assez touffue, mais en plein jour, elle n'est pas l'endroit idéal. Il y a des bosquets, même en face, de l'autre côté du chemin, où il fait sûrement meilleur. Et plus discret.

Et alors donc, ce mouvement ? Henri, immobile cette fois encore, la tête penchée et l'oreille cherchant le son, se met en garde.

La scène du tard-été lui revient ; cette nuit-là. N'était-ce pas un mouvement presque semblable ? Cette chose qui ne produit vraiment aucun bruit, mais une sorte de léger déplacement d'air, on dirait. Une sorte de présence, ce mot devant tout décrire.

— Il y a quelqu'un ?

Et il a employé la même phrase d'appel.

— Allez, répondez ! Il y a quelqu'un ?

Il se retient à peine de tout faucher avec sa canne, tant une lente exaspération l'empoigne.

On ne lui a jamais fait ça : auparavant, si quelqu'un était là, dont il surprenait un mouvement, sitôt l'on s'identifiait, le plus souvent avec une boutade. S'il dérangeait, ne voyant rien, c'était peu. L'important, on ne le laissait pas s'interroger.

Surtout dans la pinède.

Une fois, l'été précédent, et l'autre fois, ce jour même ? Une présence qui se refuse à parler ?

Mais qui donc oserait, et dans sa pinède à lui, où il est dieu et maître.

— Ça va finir, le jeu ? hurle-t-il.

Il entend cette fois qu'on remue, qu'on soupire. Et c'est plus près, comme si quelqu'un — est-ce bien quelqu'un ? — venait à lui.

Il a peut-être peur, c'est possible ; il n'arrive pas à respirer à fond. Il lui semble que tout à coup il ne sait plus rien, qu'il est redevenu Henri des premiers temps, quand il apprenait à « voir », au-dedans de sa nuit et terriblement solitaire.

Et pourtant quelqu'un vient. Il crie de nouveau :

— Qui est là ?

Cette fois, il perçoit tout, une sorte de doux gémissement, une respiration, peut-être un peu haletante, une chaleur humaine.

Une femme ? Une fille ? C'est ce qui semble : elle est là, à portée de bras. Il étend la main, il touche un tissu, un coton fin, une manche courte, une peau toute douce. Il explore davantage remonte vers l'épaule, qui est jeune, trace le décolleté, qui est révélateur. Il perçoit la rondeur du sein et la main de la fille vient s'interposer.

— Non, dit-elle faiblement, non !

Un peu d'angoisse. La voix d'Henri se fait maintenant douce. Et ses gestes aussi. Il retrouve le bras de la fille et le retient, mais sans audace, sans imposition.

— Qui es-tu ?

Elle ne se dégage pas, mais elle reste silencieuse. Et puis, soudain :

— Je reviendrai demain... Je vous le jure.

Elle se libère, s'enfuit. Henri entend sa course qui s'éloigne. Il sait désomais sans le moindre doute qu'elle est jeune. Jeune, fraîche, douce de peau. Il ressentait son souffle, il a touché à ses cheveux, il sait que le sein est ferme. Et elle a parlé avec douceur ; non, le mot ne suffit pas, il fallait dire tendresse. C'est ce qu'il a deviné de plus beau, la tendresse. Et elle sera là demain.

Si Henri avait pu courir, il l'aurait fait : de joie, d'ardeur, de sang retrouvé, d'enthousiasme. Cueillir des fleurs à brassées, changer, cette fois en langeur, exhaler la chose immense qui l'empoigne dans les aines mêmes, qui le fait revivre !

Mais qui est-elle ? Quelques mots, ce n'est pas suffisant pour reconnaître. Une fois qu'on connaît, peut-être à peine, ou mal. Il aurait fallu plus.

Si elle est une fille du village, il le saurait, pourtant. Et plus encore, une fille de fermier. Sur l'écran noir en lui, Henri sait aligner tous les noms, il est curieux de tous et de toutes, il sait les naissances et les morts pas cœur.

Mais qui est-elle, celle-là qui vient à lui si tendrement ?

Sa main retient la jouissance infinie des contacts récents. Il lui semble encore ressentir la tiédeur de la peau, la finesse du tissu. Et s'il s'arrête au souvenir du sein qu'il a effleuré, alors tout en lui se déchaîne. Elle sera là demain ? Il y sera aussi, corps et âme, et il l'assoira près de lui sur la mousse, il aura deux mains pour explorer le corps jeune, et il la retiendra, il cherchera ses lèvres. Quelque chose débute qui lui semble magnifique.

Quand il est rentré à la maison, ce jour, il a entendu Judith, la femme de Daniel, qui ricanait près du puits. Il a été secoué par ce rire bizarre, il ne sait à qui il s'adresse, ou qui il méprise, mais Henri n'a pas envie d'aller battre la femme à coups de canne. Il prétend n'avoir rien entendu et entre dans la maison.

Dans sa chambre, porte close, il se laisse tomber sur le lit et ramène par des gestes qu'il pratique depuis longtemps, le souvenir présent de la fille. Il reporte au plus intime de sa chair les hallucinantes carresses qu'il vient de connaître.

Et quand jaillit enfin la blanche lave du volcan, il a une sorte de long gémissement à son tour, étrangement semblable à celui qu'avait exhalé la fille.

Demain, tout pourra commencer, ou recommencer.

Chapitre cinq

Si l'aveugle en reçut davantage, le lendemain, il n'en apprit pas plus long, toutefois, et le mystère resta entier.

Qui était-elle, cette fille qu'il jugeait fort jeune ?

Et pourtant, il l'avait presque prise dans ses bras, presque possédée. Arrivé dans la pinède, il n'avait pas été longtemps seul. Jour d'été, si paisiblement chaud, avec du chant de cigale et des oiseaux en polémique animée.

Mais aucun son d'homme. Et puis une bouffée de parfum pas plus longue qu'un soupir, et ce même mouvement discret, à peine perceptible.

— Tu es là ? dit Henri.

— Oui, murmura la fille.

Il l'attira vers lui, puis vers la mousse qu'il savait à deux pas. Elle ne résista pas et se laissa tomber près de lui. Les deux mains libres enfin, les deux bras avides, il la retint, palpa son corps et la découvrit plus jeune encore qu'il n'aurait cru, constata cette fois sans entrave combien les seins étaient durs, fermes, avides, eux aussi.

Il chercha la bouche de la petite et la trouva, mais dès le baiser esquissé, tiède et profond, elle se déroba, se dégagea des bras d'Henri, courut à nouveau, fuyant à toutes jambes.

Mais elle avait dit, en partant :

—Plus tard, une autre fois. Je reviendrai.

Il cria :

—Quand ?

Elle eut un rire léger, lointain, puis la pinède redevint déserte, redevint silencieuse.

Longtemps Henri se promena sans but, la canne haute fauchant à volées rageuses. Il tourna en rond, consuma petit à petit les passions immenses qui le secouaient, gronda comme une bête blessée. Mais faudrait-il qu'il attende chaque jour, désespérément ? Il n'avait même pas pu savoir son nom. Pas plus qu'un indice quelconque, ténu s'il le fallait, mais le début du savoir, révélant qui elle était, où elle demeurait.

Il ne savait que la joie du corsage si facilement dégrafé, de la poitrine nue, sans contrainte, de seins qui s'étaient blottis dans ses mains, des longs cheveux qu'il avait caressés, des épaules si jeunes...

Il avait voulu, à sa façon à lui, caresser le visage, en reconnaître les traits. Il avait pu, sans doute, avant qu'elle ne le repousse, explorer le front, la forme de l'œil, l'ovale du menton, et les avait trouvés beaux. Mais elle avait enlevé ses mains avant qu'il puisse palper la bouche, voir l'image de ses joues.

Nuits atroces, jours pleins d'angoisses : six matins de suite Henri fut à la pinède, et en revint six soirs de suite, fourbu, exaspéré, et toujours seul. La fille n'était pas venue.

Au septième jour, il décida de se rendre au village.

En sa tête, il avait repassé chaque maison de fermier du canton ; il en avait énuméré de mémoire chaque occupant. Femmes et filles d'abord, puis les hommes, pour revenir aux filles et les aligner là, dans son noir. Chez Brantôme : Julie, la femme, la fille Hortense, Élisabeth, celle qui allait épouser Grutaud, de l'autre village. Et ainsi de suite, les plus jeunes, Françoise, Hermée, Véra... Patiemment, maison par maison. Et personne, dans aucune, qui ne corresponde aux gestes, à la peau, aux cheveux, à la voix de l'inconnue. Restait possible qu'une jeunette à peine femme se soit soudain, d'un mois à l'autre presque, transformée en fille-femme ? Mais il l'aurait su. Celles-là aussi, dans chaque maison, il les connaissait.

Il fallait aller au village.

Mais à qui raconter une telle aventure ? On rirait à la veillée, on se moquerait de l'aveugle et de sa canne, victime d'une coquette sans nom, qui le faisait marcher à sa guise.

(N'était-ce pas Daniel lui-même, son frère, qui lui avait dit, la veille, justement à ce sixième jour, que sa présence manquait à la ferme, que ce serait bientôt le temps des moissons, qu'il faudrait y voir... À quoi Henri n'avait même pas répondu.)

Au village, il erra un peu sans suite, fut chez le cordonnier, chez le marchand, à la boutique du maréchal-ferrant, causa volontiers avec ceux qui l'arrêtaient dans la rue. L'odorat aux aguets, il cherchait surtout à humer le parfum de la fille, à quoi il la reconnaîtrait, pour sûr.

Il eut un immense saut du cœur, un bond périlleux, la joie immense : il sortit de la boutique du maréchal-ferrant et, à dix pas, trois filles venaient — peut-être quatre, il n'aurait pu jurer. Or, deux choses le rejoignirent, une voix qui était celle de la fille, un parfum qui était le sien, aussi.

—Hé, là ! s'écrait-il, décidé à tout risquer.

Personne ne sembla prendre garde à lui. Quelqu'un toutefois passa près de lui. Il lui empoigna le bras, c'était un homme.

—Qui est-ce ? dit Henri, qui est-ce ?

—Moi, Joachim, dit l'homme. Qu'est-ce qu'il y a, Henri ?

—N'essaie pas de savoir. Réponds seulement. Il y a des filles, là ?

On ne les entendait déjà plus.

—Où ? dit Joachim...

—Là, tout près, je les entendais.

—Elles ont tourné le coin, dit Joachim. Oui, je me souviens, je les ai vues.

—Qui étaient-elles ? Dis vite !

—Si tu crois que je remarque...

Joachim, près de quatre-vingts ans d'âge, vieilli bien vite, perclus, à peine ambulant, de petite mémoire...

—Trois ou quatre, marchant bras dessus, bras dessous, dit Joachim. Je ne peux pas les connaître, c'est à peine si je les vois...

Henri le repoussa d'une main rageuse.

—Idiot, dit-il. Et c'était ma chance.

Le vieux Joachim ricana.

—Quelle chance ? Te voilà qui court les jeunettes, maintenant ?

La canne haute, Henri vint près de frapper le vieillard mais il se retint.

—Où sont-elles allées ? dit-il. Quel coin ? Chez le barbier ?

—Oui... oui, je crois.

Henri y alla, tourna le coin à son tour, descendit la petite rue, n'y trouva rien, remonta vers la place, erra de nouveau, cette fois en possession d'un demi-espoir...

Comme il ne trouva rien, il reprit le chemin de sa ferme au jour tombant.

Mais il savait quand même une chose de plus : la jeunette habitait le village, on la connaissait bien, il saurait la retrouver. Mais à qui le demander ? À qui s'informer ?

Un plan lui surgit à l'esprit. Ce n'était pas le meilleur et il forcerait Henri à dépendre de quelqu'un d'autre, chose qu'il n'aimait pas. Avant tout, savoir se défendre de la vie, seul et sans aide. Mais Henri était dans un tel état d'exaspération qu'il rejetait toute prudence.

Dès le lendemain de cet épisode au village, il amena Daniel à l'écart.

Dans le fenil, où l'odeur sèche et grisante pouvait apporter à ce que l'aveugle devait dire à son frère, une plus grande accordance et les moyens de mieux lui faire saisir l'importance de ce qui se passait.

— Daniel, j'ai besoin de toi, et de ton silence.

Daniel avait peur, car il n'avait jamais vu Henri aussi intense, en même temps qu'aussi nerveux.

— Je suis ton frère, dit-il, mais sa voix manquait de conviction. Il aurait voulu se voir bien loin. Il n'aimait pas le regard d'Henri, il craignait quelque colère nouvelle, destructrice.

Henri, impatient, le secouait en le tenant très fort par le bras.

— J'ai besoin de ton silence. Si jamais tu parlais...

Daniel, complètement effrayé maintenant, tremblait de tous ses membres.

— Henri, je t'en supplie, ne me fais pas mal. J'ai une grosse besogne aujourd'hui, il faudrait que je me hâte.

— Qui est le maître, ici ?

— Toi...

— Alors, attends.

— Attendre... Henri...

L'odeur prenante du foin envahissait Henri, lui rappelait d'autres senteurs douces de pinède et de mousse, et le parfum de la fille, et son odeur à elle, de fille fraîche et de peau neuve, l'odeur du savon dans le coton de la robe...

— Il faut que tu me suives à distance, que tu surveilles. Quelqu'un, une fille, viendra près de moi. Ne t'occupe pas de ce que nous ferons ni du fait qu'elle s'enfuira probablement à un moment donné. Tout ce que je veux, c'est savoir qui elle est. Je sais qu'elle habite le village, mais il faut que je sache son nom, dans quelle maison elle habite...

— Quand la verras-tu ?

— Je ne sais pas. Aujourd'hui, demain, ce sera peut-être dans une semaine, je ne peux pas dire.

— Et il faudra que je surveille tout ce temps ?

— Oui.

— Et le travail ? Les moissons proches ? Tu sais tout ce qui est à faire...

— Tant pis.

— Henri, ce n'est pas possible.

— J'ai dit, tant pis !

— La moisson de l'année !

— Elle retardera. Deux jours, trois, même quatre, est-ce que ça compte ?

— Et si le travail ne se fait pas, tu seras en colère.

— J'ai dit : tant pis. Ça devrait suffire.

— Tu ne peux demander à quelqu'un d'autre ?

— À qui ? Sûrement pas ta Judith !

— Non, je sais.

— Alors ?

—Henri, j'ai peur !

—Toi, tu as peur ? Tu ne sais pas ce que c'est que la vraie peur. La peur au ventre, aux aines, ça te tord, ça te crispe, tu as peine à respirer. La peur et l'espoir. C'est vrai, tu ne peux pas savoir.

Et il ajouta :

—Chienne de vie ! Et dire que je l'avais domptée.

Daniel tentait de se dégager, il reculait.

—Henri, je ne peux pas. Il y a trop de travail. Est-ce que je devrai passer la journée à surveiller ?

—Oui, la journée. Caché, dissimulé, que personne ne soupçonne ta présence, et elle encore moins, elle surtout. Tu as compris ?

—Des jours entiers...

—Tu refuses ?

Daniel secouait lentement la tête.

—Non, non, Henri, non. Je ne refuse pas. Je te dis simplement pour le travail. Il attend. Ta récolte entière. Les animaux...

—Tu verras aux animaux le matin, et puis le soir. Tiens, tu te lèveras plus tôt, elle ne viendrait pas à la pinède à sept heures le matin. Tu pourrais rester aux champs jusqu'à neuf heures.

Daniel hésitait encore.

—Si tu refuses... hurla Henri...

C'était de se comprendre. La rage de l'aveugle était plus grande que ne l'avait cru Daniel, une passion animale le secouait tout entier. Daniel céda.

—Je le ferai, murmura-t-il, puisque tu l'exiges.

—Tu te cacheras bien. Personne ne doit soupçonner ta présence. Et s'il le faut, lorsque la fille s'enfuira, tu la suivras. Il faut que je sache, tu entends ?

Quand Henri dormit, ce soir-là, Daniel, dans le lit avec Judith, lui raconta ce qui arriverait dans les jours suivants. Comment il devrait espionner l'aveugle, et la pinède, et tenter de reconnaître la fille, la suivre s'il le fallait, renseigner Henri.

Judith, à ses côtés, resta silencieuse.

Daniel s'en étonna.

— Tu ne dis rien, Judith ?

— Qu'est-ce que je devrais dire ?

— Je ne sais pas. Tu ne trouves pas qu'il en demande trop ?

Elle eut un geste vague, couchée sur le dos, comme un haussement d'épaules.

— J'aurais cru, continua Daniel, que cela t'enragerais de le voir m'amener à la pinède surveiller ses amours quand la besogne attend.

— Il est le maître.

— Ça me surprend, ce que tu dis. On dirait que tu te résignes.

— Ce n'est pas ce que vous avez voulu, tous les deux ?

— Même quand il commet une chose injuste ?

— Il est le maître.

Tout ce que dit ensuite Daniel ne changea rien au silence, à l'immobilité de Judith. Quand, las à la fin, il se tourna sur elle pour la prendre, elle le repoussa doucement.

— Non, fit-elle. Pas ce soir.

— Pourquoi ?

— J'ai besoin de réfléchir.

Et ce fut tout. Peu d'instants plus tard, elle dormait.

Daniel s'endormit à son tour, mais beaucoup plus tard. Il s'en voulait de n'avoir pas été ferme, ne de pas avoir résisté à son frère. Il s'en voulait d'avoir cédé une autre fois, et il ne pouvait s'empêcher de penser aux récoltes mûres. Le temps était au beau, on le prédisait ainsi pour quelques jours encore. Il était temps de faucher, d'entasser, de battre. Si la pluie prenait, persistait, elle ruinerait tout. Et au lieu de recueillir les biens de la terre, il devrait passer des journées entières tapi quelque part, mal à son aise, à épier la venue d'une fille. Une tâche ridicule, avilissante, inutile, surtout cela, vaine et inutile.

Au matin, au lieu de se lever à cinq heures, comme à l'habitude, il se leva à quatre heures et besogna doublement jusqu'à neuf heures, alors qu'il alla trouver une cachette dans la pinède. Une heure plus tard, Henri y arrivait.

Mais ni ce jour-là, ni le suivant, ni même jusqu'au dimanche, alors que tous les jours Henri passa ses heures assis, à attendre, une attente qui frisait le désespoir, ne survint la fille à la peau douce.

Le dimanche, Henri abandonna soudain la partie.

—Laisse, dit-il à Daniel. Demain, remets-toi au travail des champs. Elle ne viendra pas, je le sens.

Chapitre six

Henri put tenir trois jours. Au début, sa résolution était ferme : il n'allait pas perdre son temps, mourir d'angoisse, risquer la folie pour une péronelle qui se moquait probablement de lui.

Au matin du quatrième jour, il s'éveilla et découvrit que sa résolution du dimanche était futile : il retournerait aujourd'hui à la pinède. Les souvenirs de la fille, si réduits qu'ils étaient, redevenaient plus forts que toute résolution. Il partit lorsque le soleil fut haut et regagne la pinède.

Daniel, aux champs, moissonnait ; sa femme Judith l'aidait. Dans tous les champs du canton, il en était ainsi. Si la fille venait à la pinède, ils seraient bien seuls, elle et Henri. Il la prendrait. L'idée ne le lâchait pas ce jour-là, il la prendrait.

Et qu'elle viendrait, surtout, qu'elle viendrait se faire prendre. Il allait sonner midi quand elle arriva.

Et même si Henri entretenait en lui une certitude qu'elle ne lui ferait pas faux bond ce jour-là, lorsqu'elle survint, qu'il huma son parfum et qu'elle se trouva là, tout à coup, à portée de mains, il faillit en avoir une syncope.

—Toi ! dit-il. Toi, tu es là ? Je ne le crois pas. C'est bien toi ?

Et il dégrafait le corsage, il s'emparait des seins fermes, il les palpait, les embrassait, les suçait. Il caressait les épaules, le cou, les longs cheveux. (À la figure, elle l'arrêta de nouveau et ramena ses mains sur les globes ronds et nus.)

—Embrasse-moi, dit-il, il faut que je t'embrasse...

Leurs lèvres s'unirent et Henri pensa mourir d'extase. Il n'avait jamais goûté de fruit qui fût si mûr, de chair aussi juteuse et souple. La fille rendait le baiser avec la même fougue, se pressait contre lui, gémissait d'aise tout en vrillant sa langue dans la bouche d'Henri. Une folie de deux êtres, un abandon de toute contrainte. Les mains d'Henri couraient sur toute la peau nue, sous la jupe large, dans tout le linge de la fille.

Mais lorsqu'il voulut la basculer sur la mousse pour la prendre, elle se dégagea lestement.

—Non, dit-il. Non, pas encore...

Cette fois, Henri la retenait.

—Je veux savoir ton nom, dit-il. Je veux savoir quand tu viendras ici. Je vais mourir si tu ne me dis rien, si tu t'enfuies comme auparavant.

—C'est pourtant ta faute, dit-elle.

—Comment ? Qu'est-ce que j'ai fait ?

Elle tapota la joue de l'aveugle.

—Tu nous a fait épier par Daniel. Ce n'était pas de jeu. Tu n'aurais pas dû.

Elle se releva.

—Non ! cria Henri.

—Oui, dit la fille calmement. Je m'en vais. Je reviendrai...

—Quand ? interrompit Henri.

— Bientôt.

— Quand ?

— Un de ces jours, tu me trouveras ici...

— Et ton nom ! Dis-moi ton nom !

— Plus tard. Tu le sauras d'autant plus vite, et je serai ici d'autant plus souvent que tu ne me feras pas épier par Daniel.

Elle courut. Ramassant sa canne, Henri voulut partir à sa poursuite. Toutefois, même s'il connaissait bien le terrain de la pinède, il pouvait y marcher, mais non y courir. Il trébucha plusieurs fois, put se redresser, mais une dernière fois il buta sur un caillou, tomba et son front heurta une souche. Il perdit conscience.

Quand il revint à lui, le soleil descendait déjà et le frais du soir commençait à se faire sentir. Péniblement il se releva : rien ne subsistait de la rencontre. Nul parfum, et quant à l'aveugle, il n'arrivait à ressentir que cette douleur au front, dans la tête, une lassitude aussi, dans tous les membres.

Il rentra à la maison, tant bien que mal, subit les exclamations angoissées de Daniel, qui soigna la blessure, et un ricanement à peine réprimé de Judith, mais de loin, et auquel il ne fit pas attention.

Ce qui n'avait semblé qu'une écorchure empire le lendemain. Dix jours durant, Henri fut fiévreux, à demi dans le délire. Le médecin, mandé, hocha la tête, suggéra qu'on mène le malade à la ville, pour un examen radiographique. Il parlait de fracture.

— Cela ne se voit pas à l'œil nu, dit-il.

— Je pourrais en mourir ? demanda Henri.

— Cela s'est vu, dit le médecin. Une fracture frontale peut être sans réelle gravité. Elle peut tuer tout aussi bien. C'est une blessure d'extrêmes, imprévisible.

Henri se buta.

— La nature voit à tout, dit-il. Si j'ai à mourir, elle prendra des moyens plus puissants. Une bosse sur le front, ça ne me tuera pas, moi.

Il en fut ainsi. Henri resta au lit dix jours, combattit la fièvre, jura, blasphéma, rabroua Judith et la bouscula même, mais les dix jours écoulés, il se levait, dispos comme devant.

— Une bête, murmura Judith à Daniel. Rien ne le tuera jamais.

Daniel n'eut qu'un soupir, sans répondre plus avant.

— Ou peut-être si, fit Judith. Il en est des plus forts qui sont morts bien bizarrement.

— Que veux-tu dire ?

— Rien...

Daniel l'observait d'un air inquiet. Il y avait eu un son étrange dans la voix de sa femme, où se mêlaient une sorte de satisfaction morbide et un ton de revanche. Une menace ? Il n'osait le qualifier de tel. Quelque chose de profond, de mauvais certes, qui lui échappait malgré tout.

— Judith, écoute...

Mais elle s'écarta de lui, vaqua à sa besogne, tête basse.

— Je n'ai rien à dire. Daniel. Ne te mets pas martel en tête.

Il insistait.

— Tu mijotes quelque chose, Judith.

— Je ne mijote rien.

— Tu as parlé sur un drôle de ton.

— J'ai un début de rhume, je suis enrouée. Tu as des illusions.

— Je t'assure que tu n'as pas parlé comme à l'habitude. Tu as dit : « Il en est des plus forts qui sont morts bizarrement ». Il est tout ce que nous avons, Judith, moins que rien, je le sais, et pire encore s'il meurt, il ne nous laisse rien. La terre ira à d'autres, nous serons jetés dehors.

Judith frottait sa lessive d'un air consciencieux, tenant devant elle chaque morceau, l'examinant minutieusement. On eût dit qu'elle n'entendait rien de ce que disait Daniel.

Soudain, l'homme eut un sursaut de rage.

— Je te le dis une fois pour toutes, Judith. Si tu touches à Henri...

Elle leva le regard vers Daniel, le regarda calmement et lui dit d'une voix tranquille :

— Moi, je ne lui toucherai jamais. Même s'il me bat comme plâtre.

Et elle se remit à la besogne.

À cet instant, Henri, ahannant, manquant de cœur, les jambes molles, se dirigeait tant bien que mal vers la pinède. Il avait pu longuement songer, dans son lit. Cette fois, si venait la fille, il l'empoignerait, et dut-il y mettre un peu de force et périr à la tâche s'il le fallait, il la clouerait sur les mousses et même l'étranglerait, si elle refusait de tout dire.

Lui, Henri (et vlan ! faisait la canne fauchant les fleurs !), ne se laisserait certes pas dominer (et vlan ! encore, cette fois sur des bosquets dont les feuilles et les fruits volaient de toute part !) par une péronelle, si belle soit-elle, si accorte, si odorante, si tendre... C'en était assez, les jeux étaient faits...

55

Chapitre sept

Dans la pinède, rien ne vint ni personne. Henri y passa jusqu'au soir, assis sur un talus, immobile, le nez et les oreilles aux aguets.

Il n'y eut même pas un soupçon de présence ; nulle bête, nul être. Même, on eût dit que les insectes s'étaient enfuis à leur tour.

Il reprit à la fin ses sentiers et chemina comme il put (presque clopin-clopant, tant cette attente immobile l'avait épuisé après sa maladie).

Dans la cour de la ferme, il s'arrêta un moment, reprenant son souffle. Et ce fut à ce moment que le parfum de la fille lui parvint. Il en aurait juré, cela venait du puits, bien au centre de l'enclos. Il se hâta, animé d'un nouvel élan, criant :

— La fille !

Le parfum était plus fort.

Au puits, il se heurta à quelqu'un, tâta, palpa, en gestes désespérés.

Ce fut la voix de la Judith qui le réveilla de son cauchemar.

— Mais lâchez-moi ! Lâchez-moi !

Il avait été comme fou, enragé, des gestes de

dément. Entendant la voix de la Judith, il reprenait un peu conscience mais ne pouvait ignorer le parfum, toujours là. Il courut autour du puits, frappa dans le vide avec sa canne, cria et gémit, l'image même d'un animal affolé.

—Tu es là, la fille, tu es là ! C'est ton parfum...

Quand il eut ainsi couru de longues minutes, explorant partout, trébuchant et se relevant, happant le vide partout où ses mains se refermaient, il se laissa tomber contre la margelle, assis par terre, épuisé, en sueur. Il geignait comme un enfant.

—Elle était là, je le sais qu'elle était là. C'était son parfum.

La voix de Judith lui parvint. La femme n'avait pas bougé. Elle n'avait fait que parer les coups de canne, les mains chercheuses, les ruées d'Henri. Puis, elle parla :

—Il n'y avait personne ici. Personne d'autre que moi.

Trop las pour discuter à sa façon haineuse et brutale, Henri se contenta de geindre :

—Je sais qu'elle était là.

—Vous rêvez, dit Judith. Vous êtes malade, vous avez encore la fièvre, vous vous imaginez des choses.

Mais il humait l'air et le parfum était encore là.

—C'est faux, murmurait-il d'une voix dolente. C'est faux, elle était là. Elle y est peut-être encore...

Il se redressa, titubant, mais rageur, terrible.

—Vous allez me tuer ! hurla-t-il. Je veux savoir ! La Judith, ne mens plus, où je t'assomme à coups de canne...

Il frappait devant lui, n'importe comment. Judith recula, prit par la gauche, courut doucement, silencieusement, sur la pointe des pieds, jusqu'à la porte de la remise. Henri tournait en rond, hurlait comme une bête.

Alors Judith eut un clin d'œil vers la fille qui se dissimulait à l'encoignure du poulailler, et lui fit signe de partir. Maintenant, il n'y avait plus que Judith dans la cour de ferme, et Henri qui se démenait comme un fou furieux.

Puis Daniel qui arriva, venant des champs, attiré par les cris affreux... Il ne put que prendre Henri par le bras, le calmer, l'entraîner doucement vers la maison pour le coucher, car il était évident que l'aveugle était sur le bord de l'hystérie et qu'il avait besoin de soins.

* * *

Au village, la fille resta silencieuse et discrète. Mais ce soir-là, ses compagnes ne la reconnurent pas.

— Tu as un drôle de regard, dit Piella, la méditerranéenne. Ils t'ont fait quelque chose, à la maison ?

— Non, on ne m'a rien fait, nulle part.

— Alors ?

— Rien... Seulement, moi. Moi toute seule.

Et elle s'en fut à la maison, où elle dormit, cette fois-là, comme elle n'avait dormi de longtemps : un beau sommeil doré, serein, où elle erra le long de ruisseaux tranquilles en cueillant des fleurs. Et elle se disait, même durant ce sommeil qui la détendait :

— Demain, et après-demain, et les autres jours...

Mais elle seule connaissait ce secret.

* * *

Quand l'aube vint de ce matin-là, rien ne ressemblait plus à hier. Ni chez la fille, mais on ne l'aurait pas deviné à son regard calme et au sourire qu'elle eut pour les siens, ni chez Henri.

Ni chez Henri, certes, pour qui les événements prenaient une dimension qu'il voulait comprendre, qu'il devinait presque, mais ne voulait pas s'avouer ainsi. Que s'était-il donc passé la veille ?

— Daniel, dit-il, ferme la porte...

Il était dans son lit, incapable encore de se lever, le corps fourbu comme s'il eût couru le mille en obstacles. Et l'âme aussi, dolente, et angoissée ; inquiète et ravagée de pensées noires.

— Daniel, nous sommes seuls ?

— Oui.

— Où est Judith ?

— Au poulailler.

— Tu es sûr ?

— Oui.

— Daniel, la fille, elle était là, hier... dans la cour. Judith le savait...

— Tu as rêvé.

— Non, je te jure.

— J'ai questionné Judith, hier soir. Je l'ai serrée de près. Tout cela me déplaît, à moi aussi. Si tu dis que ma femme est au courant, c'est à moi que ça fait mal. Je veux ton bien...

— Oui, oui, je sais. Mais je n'ai pas rêvé...

— Tu as été bien malade, Henri, tu as été bien fiévreux. Tu l'étais peut-être encore hier. Tu as imaginé des choses...

— Si ce que tu dis était vrai, Daniel, aujourd'hui, je m'en souviendrais à peine. Et peut-être pas du tout. Mais je sais ce qui en est, j'ai reconnu le parfum. Il n'y a pas un détail qui m'échappe. Judith était au puits. L'odeur du parfum venait aussi du puits. Judith ne se parfume pas, et elle pue la vieille sueur. Ce que je sentais, c'était justement le parfum de la fille. L'arôme est devenu très fort quand je me suis approché du puits. Mais Judith a prétendu qu'il n'y avait personne là. Me comprends-tu, Daniel ? Quelqu'un m'a menti !

— Moi, je n'ai vu personne.

— Tu es arrivé sur le tard. C'était déjà fini. Il ne restait que quelques bribes de cette senteur sur la brise. La fille était partie.

— Judith m'assure qu'il n'y avait pas de fille là.

— Elle te ment, Daniel. Comme elle me ment, à moi. Ce n'est pas possible. Il y avait quelqu'un, quelqu'un qui portait le même parfum que la fille de la pinède. Je ne démordrai pas de cela. Si c'était un rêve, pourquoi m'en souviendrais-je ce matin avec autant de lucidité ? Daniel, ça ne te frappe pas ?

Cela frappait Daniel, en effet, mais il ne l'aurait jamais admis à Henri. Lui aussi se doutait que Judith jouait un rôle dans cette affaire, mais il n'aimait pas imaginer quel rôle.

Pour lui, c'était simple. On tentait d'affoler Henri, pour qu'il commette une bêtise... Mais qui donc osait cela ? Et qu'en pouvait tirer Judith ? Une vengeance pour elle, ou pour lui Daniel, pour rendre à Henri la misère qu'il leur causait, c'était tout de même se mettre la corde au cou, c'était aller délibérément vers l'asile des pauvres.

Mais autant il avait pressé Judith de questions, la veille, autant elle n'avait opposé que des monosyllabes. Et une sorte de sourire qui était plus un rictus qu'un signe d'ironie ou de sarcasme. (Comme le rictus du chat qui épie une proie, qui s'apprête à bondir, sûr de lui-même et de sa puissance.)

La discussion ne pouvait porter loin entre Henri et Daniel. Daniel n'avait vu personne, sa femme prétendait qu'Henri avait eu des lubies, et Henri, de son côté, jurait ses grands dieux qu'il s'était trouvé là une fille dont il rêvait. C'était trop demander que de tenter l'élucidation d'un tel état de chose.

Ils en restèrent là. Et jour après jour, pour une longue semaine solitaire, Henri attendit...

Chapitre huit

Judith, la femme de Daniel, s'en fut à la ville dès le lundi. Elle monta dans le car délabré qui assurait le service, y arriva vers dix heures le matin et repartit à six heures le soir.

Quand elle rentra à la maison, elle ne dit rien à Daniel qui l'observa de loin, du fond de la cuisine où il était assis près de l'âtre, inoccupé.

Elle s'affaira à préparer un souper de viandes froides et de légumes. Puis elle mangea, assise devant Daniel. Henri, au bout de la table, était tout aussi silencieux. Daniel se leva, sortit pour un dernier tour aux étables. Judith prit alors un sachet dans sa robe, entre les seins, l'ouvrit doucement et en versa le contenu dans un bol de thé qu'Henri tenait à deux mains, devant lui. Ce qui était dans le sachet fondit aussitôt, et ne trahit aucun goût, sembla-t-il, car l'aveugle bût de longues gorgées, fit de larges bruits avec les lèvres et ne s'aperçut de rien.

Toute cette nuit-là, Henri tourna et retourna dans son lit. Il était en proie à un violent désir. Une poussée si subite qu'elle l'en étonna. Il eut beau trouver satisfaction, cinq fois au moins il dut répéter le geste et ne dormit vraiment qu'à l'aube, épuisé.

Au matin, quand il parvint dans le soleil et huma les odeurs de rosée, de nouveau il fut repris par ce désir. Une force immense au bas-ventre, un appel péremptoire de la chair. Cela domina, l'agrippa comme une bête malfaisante, le mena vers la pinède à grands pas.

Là, il ne put tenir en place : assis sur la mousse, il lui fallut bientôt se rouler là, en proie à un mal énorme, magnifique aussi, qui gonflait les chairs, qui tirait de lui des gémissements sourds.

Quand la fille vint, il ne s'aperçut pas de sa présence. Il était couché sur la mousse à plat ventre, son corps s'agitait, il geignait comme une bête en rut.

Elle n'approcha pas, et elle avait eu soin, avant d'entrer au bois, de juger le vent et de se tenir à son lé, pour que rien d'elle ne parvienne jusqu'à l'aveugle.

À distance, elle l'observa, songeuse puis repartit sur la pointe des pieds.

À la clôture du dernier champs de l'aveugle, celui qui se trouvait devant la pinède, Judith l'attendait.

—Il faudra encore deux autres jours, dit la fille à la femme de Daniel. Tel qu'il est, c'est nouveau, il ne s'y est pas assez habitué. Demain, ce sera mieux. Le désir sera là, mais il s'y sera fait, et après-demain, je viendrai.

—Bonne chance, dit Judith. Et s'il y a autre chose...

—Il n'y aura rien d'autre, dit la fille. Tel que c'est, je saurai y faire...

Elles se quittèrent.

À la maison, une heure plus tard, Daniel rejoignit sa femme près de la remise.

—Je fauchais l'avoine, dit-il. Cette fois, je t'ai vue. Tu étais avec quelqu'un.

— J'étais seule.

— Je te dis que je t'ai vue.

— Tu as des visions.

— Une fille en robe verte.

— Un buisson qui bougeait dans le vent.

— Une fille, dit Daniel fermement. Je pourrais en jurer.

— Où étais-je ?

— Là, au chemin de la pinède, à l'orée de la terre. La fille est allée ensuite au village.

— Et tu crois que j'étais avec elle ?

— Oui.

— Une des filles de Mansour. Une des jeunettes. Elle passait, elle m'a dit bonjour, je lui ai répondu.

— Tu étais appuyée à la clôture.

— Oui.

— Elle s'est arrêtée.

— Elle a parlé du temps qu'il fait, je crois bien. Je n'ai même pas remarqué. C'est sans importance.

— Une des filles de Mansour.

— Je crois, oui. Je n'en suis pas sûre. Je ne les connais pas toutes, il en a six. Je dirais que c'en est une, mais je ne le sais pas, vraiment.

Judith ne regardait pas son mari dans les yeux. Elle jouait avec le bord du tablier, nerveuse. Daniel lui prit le bras d'une poigne dure.

— Dis-moi la vérité !

— Tu me fais mal.

— Dis-moi la vérité !

— Il n'y a rien à dire.

— Tu complotes quelque chose !

Il la secouait. Lui, le timide, il enrageait tellement qu'il devenait lion : il ne se souvenait que trop de leur départ, lorsqu'ils avaient été chassés par Henri, qu'ils s'étaient retrouvés pauvres et sans lendemain. Et aujourd'hui Judith montait quelque méfait dont il ne savait rien, mais qui lui semblait trop dangereux pour qu'il puisse le laisser se perpétrer.

—Qui était cette fille ?

—Personne ! Elle n'importe pas. Elle me disait bonjour, c'est tout.

—Où est Henri ?

—Est-ce que je sais ?

—Dans la pinède. Et tu étais là, à deux pas. Et la fille aussi. Je veux savoir le fond des choses ! Henri est dans la pinède. Est-ce que vous lui avez fait quelque chose ?

—Je ne sais pas de quoi tu parles.

Il la secouait tellement que soudain, quatre sachets de papier bleu tombèrent de son corsage. Daniel eut une sorte de hurlement rageur, sitôt réprimé.

—Qu'est-ce que c'est ?

La femme, libérée tout à coup, se pencha calmement, ramassa les objets et les remit dans l'encolure de sa robe.

—Des remèdes.

—Quels remèdes ? Et pour qui ? Tu ne m'as jamais parlé de remèdes. Je ne savais même pas que tu étais malade !

—Je me sens des étoudissements depuis quelque temps.

—Tu ne me l'as jamais dit !

Judith haussa les épaules et continua :

—Quand je suis allée à la ville, j'ai demandé au pharmacien de me donner quelque chose. C'est ce qu'il a prescrit.

—Et tu ne m'en as jamais rien dit ?

—Ce n'était pas de la maladie, seulement un

malaise. J'ai oublié de le dire voilà !

Daniel, indécis, ne disait plus rien.

Il y avait peut-être beaucoup de vérité dans ce que disait Judith, et peut-être tout autant de mensonge, comment savoir ? Il était sûr de l'avoir vue parler de façon animée avec la fille. Mais il n'avait pu distinguer de qui il s'agissait, et il pouvait être très vrai que c'était tout au plus une salutation rapide entre deux femmes, et qu'il s'agissait bien d'une des filles Mansour. Mais si c'était autre chose aussi ? Il était trop loin pour pouvoir affirmer ce qu'il supposait.

Quant aux sachets, puisqu'il ne devinait nullement à quel usage ils pouvaient réellement servir, et qui fût mauvais, il préférait croire l'histoire des malaises de Judith.

En se demandant bien pourquoi elle lui aurait caché des choses.

Dépité, tête basse, se sentant impuissant et humilié, il rentra dans la maison, s'installa seul dans la cuisine, à son coin favori, près de l'âtre, pour réfléchir. Et pour décider quoi ? Qu'en pouvait-il venir à penser ?

* * *

Henri s'était endormi dans la tiédeur de la pinède. L'aphrodisiaque avait ralenti ses effets et Henri s'en trouvait épuisé. Affalé sur la mousse, il avait sommeillé sans rêves. Lorsque le soleil tomba, il s'éveilla brusquement, constata la tombée du jour et revint vers la maison.

Il se sentait confus d'esprit, tiraillé par il ne savait quel trouble : ce qui s'était passé, quelque chose de nouveau, il ne savait l'identifier. Et il ne lui venait même pas à l'esprit qu'il pouvait s'agir d'un complot quelconque. Il ne reliait aucunement cette affreuse crise du sexe qui venait de le secouer aux manigances possibles de Judith. N'ayant jamais rien connu de semblable, il ne savait comment s'expliquer ce qu'il avait ressenti, et même ce qu'il ressentait encore, sans toutefois la violence de la nuit dernière. Et cela l'exaspérait tout en le bouleversant. Il espérait surtout que rien n'y paraîtrait. Il ne voulait en parler à quiconque, et, par une sorte de pudeur qu'il ne raisonnait pas, surtout pas à Daniel. Ou pire encore, à sa femme.

Si c'était là un début de maladie inconnue pour lui, il irait tranquillement à la ville dans les jours prochains, et verrait un docteur. Il n'en manquait pas là-bas, des étrangers pour lui, à qui il pourrait confier ce honteux secret. Et on lui donnerait une potion, une tisane, comment savoir ? quelque chose qui le guérirait bientôt.

Henri ne savait pas qu'à la ville, Judith s'en était allée chez une sorcière et que la vieille, dans son officine, après avoir entendu ce que venait lui dire la paysanne, avait préparé une poudre magique qu'elle enferma dans des sachets.

Et que lui, Henri, ayant bu la potion sans le savoir, en ressentait les premiers effets. Puisqu'il y en aurait d'autres.

Chapitre neuf

La fille se nommait Lisette. Moins que rien, dix-huit ans. À juger l'importance d'un être à ses actes, encore une fois, moins que rien.

Dans un jardin qui s'étendait derrière la maison de son père, un jour chaud, elle effeuilla une marguerite. Elle n'avait dit à aucune des personnes qui étaient là pourquoi elle effeuillait et de qui il s'agissait. Elle n'avait rien dit.

Dans son regard, tout était sombre pourtant, et le geste traditionnel des amoureux en attente ne semblait pas gai. Au lieu d'un nom (l'élu, en ce cas-là, dit-on) ou d'un verbe (aimer, ne pas aimer) c'était un mot, un simple mot, trop simple.

— Oui, non, oui, non...

Pétale par pétale. Pour en arriver au dernier, un «oui», et une sorte de sourire indéfinissable sur les lèvres.

Sa mère, brave et hanchue, l'observait.

— On dirait que ça ne va pas, Lisette, ces derniers temps. Mais ça allait, bien sûr. Lisette l'affirmait et montrait même du vrai sourire et un semblant de gaieté dans l'œil.

La mère hoche la tête et n'ajoute rien. Elle sent quand même des choses qu'elle ne peut identifier. Elle voit sa fille aller de-ci de-là, elle la sent ombrageuse, troublée.

Mais tant de choses se sont passées, tant d'événements mystérieux. Surtout l'un deux, l'année précédente, dont il ne faut plus jamais parler. Le drame continuel, portant ses marques, nourrissant ses souvenirs.

Et Lisette qui a réappris la solitude...

On ne dit plus rien, dans ce jardin, un jour chaud au mois d'août. Lisette a repris une autre marguerite et recommence. C'est un geste nouveau, qu'elle n'a jamais fait devant les siens. On voudrait s'en étonner et personne n'ose. Ni la mère, qui épie par en-dessous, ni le père, qui se mâche la lèvre et semble inquiet. Et encore moins les deux autres filles qui savent bien, elles, l'importance de leur silence...

Et au bruit exaspérant des cigales, la vie continue dans ce jardin et personne ne comprend grand-chose à ce qui se produit. Seulement Lisette.

Lorsqu'elle se lève, qu'elle part, il n'y a pas un mot qui se dit. Seulement la mère qui se lève, une larme à la paupière et qui rentre dans la maison pour cacher son désarroi.

Et Lisette marche vers la pinède. C'est aujourd'hui le jour.

* * *

Judith a compté sur les habitudes de Daniel, et sur celles d'Henri. L'un va toujours à l'étable pour fermer les portes, après le souper. L'autre savoure toujours son bol de thé brûlant. Et c'est ainsi qu'Henri reçoit le deuxième sachet.

Ce ne sera toutefois pas une nuit affreuse. Le sang dans ses veines a pu apprendre à tolérer la potion magique. Il y a de l'excitation dans ses aines, mais elle se tolère : surtout, elle est fort plaisante. Il peut en jouir, sans l'angoisse de la veille, sans cet atroce mélange de désir fou et de congestion sanguine douloureuse. Cette nuit, il désire une femme, mais c'est une chose positive, tolérable, fascinante. Et il peut même dormir en faisant des rêves d'une magnifique lubricité. Lui, le mâle, chemine dans ce rêve comme une sorte de prince de harem, et le sol est jonché de filles nues qui l'appellent, s'agrippent à lui, l'entraînent. Il obéit à celles de son choix qui l'accueillent à grands cris de plaisir, tandis qu'il entend les autres geindre de dépit. Cela lui fait une nuit comme il ne savait pas qu'elles pouvaient exister.

Au matin, il est souillé et il comprend que sa chair s'est vidée à satiété. Et c'est en chantant qu'il va saluer le tôt-soleil !

Possédant en plus d'une joie de souvenirs, l'autre, qui l'étonne hors de toute mesure, de sentir que sa chair, malgré les rêves épuisants, ne semble pas du tout réticente, qu'elle appelle encore, et qu'elle pourrait recommencer avec la même verdeur.

« Et ce n'est pourtant pas le printemps », se murmura Henri.

Ce n'était que le chaud de l'été, le temps de langueur, et Henri se sentait comme une montée de sève en lui... « Ça ira, dit-il. Ça ira. La vie est belle. » Et il partit vers la pinède avec sa canne. Il y passa presque la journée.

Au village, dans son jardin, après deux marguerites effeuillées, la fille était partie, mais il était déjà tard, et Henri attendait depuis le matin. Elle le savait. Personne n'avait besoin de le lui dire.

Elle vint directement à Henri, marchant si vite et dans un tel élan qu'il put à peine se rendre compte de son arrivée. Il y a un moment, la pinède était vide et Henri se décourageait, parce que le soir viendrait bientôt et que ce serait une autre vaine journée. Et maintenant, elle était là. Dans ses bras.

Et cette fois, sans réticence. Elle n'arrêta pas les mains, ne montra nulle pudeur. Il put la dénuder à loisir.

Bien plus, il entendait contre son oreille, dans son cou, alors qu'il enlevait les derniers vêtements, le souffle rapide de la fille, ses soupirs qui étaient presque des gémissements lorsqu'il effleurait la pointe des seins et le galbe du bas-ventre en la déshabillant. Sa chair à lui n'était que du brasier.

Le jour était venu. Ce jour tant attendu était enfin là, et il tenait sa joie. Henri pouvait décompter toutes les désespérances, les jours vides, les longues attentes. La fille s'était jetée dans ses bras, elle le désirait tout autant qu'il la désirait...

— Ton nom, dit-il. Ton nom !

— Tais-toi, murmura-t-elle. Tais-toi, prends-moi...

Se dénudant aussi, Henri était déjà, gémissant de désir, demi-fou. Mais lorsque sa chair toucha à la chair de la fille, voilà que la potion maudite montra ses effets derniers, ceux-là mêmes qui avaient été si minutieusement préparés. Il ne restait plus rien. Plus rien qu'une inertie d'homme endormi. Rien. L'abandon par tous les désirs.

— Henri ! gémit la fille. Henri, que se passe-t-il ?

Hurlant de rage, Henri dansait nu sur la mousse, empoignant en gestes hystériques cette chair maudite qui lâchait au grand moment. Au seul moment.

Et Henri se souvenait de cette nuit où vingt filles dans les rêves avaient été satisfaites...

Et les preuves absolues que ces rêves n'avaient pas été que des imaginations...

Et là, dans la pinède, la plus grande joie enfin à sa portée, Henri se retrouvait ainsi...

Il s'abattit par terre en sanglotant, bouleversé jusqu'aux tréfonds, pendant que la fille, un sourire aux lèvres, se rhabillait, puis disparaissait vers le village.

Quand Henri, enfin calmé, la chercha de la main, elle n'était plus là. Il appela :

— La fille !

Mais c'était déjà le soir, une brise fraîche chantonnait dans les pins et, à l'horizon, un loup hurlait.

Chapitre dix

« Maintenant, se dit Judith le même soir, les jeux sont faits. »

Là-bas, au village, presque au même moment, Lisette se disait à peu près la même chose. Assise sur le banc de pierre, près de la porte. Le soir était tombé et il ne restait plus qu'un ourlet rouge à l'horizon. Il faisait bon et elle se sentait sereine. Plus rien ne pouvait désormais arrêter le cours des événements. Il faudrait encore quelques jours (si peu ; avant l'automne, tout le grand dessein aurait été accompli...) et ces quelques jours, Lisette tenait à ce qu'ils se déroulent tels qu'elle les avait prévus. Ou mieux encore : imaginés, espèce de rêve flou d'abord, qui lentement se matérialisait.

Il y avait pour elle des lendemains qu'elle ne voudrait jamais compromettre, ils correspondaient à un désir trop violent, une résolution prise depuis trop longtemps et avec trop de volonté de réussir pour qu'elle ne poursuive pas sa démarche avec d'infinies précautions, pour en assurer le plein succès, de la manière prévue et selon le plan.

Judith avait joué son rôle, elle pouvait se retirer. Même, Lisette était prête à forcer Judith à se retirer, si la femme se laissait emporter, elle aussi, par un trop grand désir de vaincre.

Judith avait joué son rôle, sans lequel Lisette eût été impuissante à mener à bien l'entreprise. Bien sûr, s'il ne s'était agi que d'une donnée bien simple, un projet plutôt qu'un plan, disons, Lisette n'aurait pas eu besoin de Judith. Si elle était allée à la femme, c'était qu'elle pouvait compter sur ses sentiments, et aussi sur son savoir. Il était connu de tout le canton que Judith fréquentait à l'occasion des sorcières. (C'était un pays d'initiation ; on y trouvait des mages et des sorcières. Un recommencement, à cette époque, de rites anciens... disparus, puis retrouvés.) Et qui mieux donc, lorsque Lisette avait eu besoin d'une complice, pouvait mieux l'aider que cette Judith aux relations mystérieuses ?

Mais tout était préparé et Judith ne pouvait plus servir aucune fin. Demain — mais demain est complexe, il s'étend loin encore. Serait-ce vraiment le lendemain, ou la semaine suivante ? Il restait quand même des effets à connaître aux magies en cours... Demain, donc, Lisette triompherait ou échouerait. Cela, c'était le secret à percer...

Restait, ce soir-là, à savourer un soir tiède et bruissant, un beau soir envoûtant comme un vin neuf. Pendant qu'une à une, les lampes s'éteignaient dans les maisons, et que petit à petit s'endormait le village.

Même dans la maison de Lisette, on s'allait déjà coucher et quand sa mère passa la tête par l'embrasure de la porte et lui demanda si elle restait là, Lisette répondit :

— Oui. Je ne veux pas dormir tout de suite. Je suis en paix ici, je me repose.

On n'insista pas, et quand dix heures sonnèrent,

tout dormait, partout, sauf Lisette qui, elle, contemplait la nuit.

* * *

Dans son lit, Henri subissait une expérience étrange. Au-delà de toute expérience humaine qu'il avait jamais connue. Sa chair, qui l'avait abandonné au moment royal, s'était reprise à le tourmenter.

À cela, il était habitué maintenant. S'il en ressentait de la colère, c'était que le harcèlement présent, il le considérait comme une sorte de sarcasme cruel.

Ce qui le troublait prenait une tout autre forme. Au début, il lui sembla que des mots venaient en lui, qu'il n'avait pas inventés, qui venaient peut-être même d'ailleurs. Une voix. Mais comment, cette voix ? Il ne la reconnaissait pas. Elle avait des accents qui ne lui étaient pas habituels.

Cela disait : mariage. Mariage ?

Il y avait pourtant longtemps qu'Henri, conscient de son infirmité, avait rejeté une telle pensée. Comment vivre dans une même maison avec une femme qui serait son épouse ? Il avait peur d'une situation telle, une peur viscérale, qu'il connaissait dans les moments d'angoisse, et qui, semblait-il, l'empoignerait à toutes les heures du jour s'il se savait à la merci d'un être ayant des droits entre ces quatre murs. Il n'aurait su expliquer cette peur, ni la définir ni la décrire. Elle était là, infiniment présente, il n'aurait su la chasser.

Et pourtant, c'était bien le mot qui lui venait. Épouser l'inconnue. Épouser l'inconnue, et alors sa chair reprendrait ses droits. C'était aberrant.

Il était onze heures quand il se coucha. Ce fut à minuit bien précise, alors que douze coups sonnaient à l'horloge dans la cuisine, que la première fois vint en sa tête le mot étonnant.

Mariage : épouser la fille, prendre cette inconnue pour femme. On en rirait d'un canton à l'autre ; au village, on raillerait Henri. N'avait-il pas dit qu'il n'épouserait jamais personne ? Qu'il prendrait des femmes à sa guise, au hasard, quand cela lui plairait, mais que jamais personne ne viendrait s'installer en ménagère et maîtresse dans la maison ?

Il ne l'avait pas dit seulement une fois, mais mille. Dans les échoppes, à l'auberge, à tout venant, et à qui voulait l'entendre. Il y avait bien Judith et Daniel dans sa maison, mais c'était quand même la liberté : il pouvait les expulser à sa guise.

Ils ne constituaient pas, dans son esprit, la servitude qu'eût été une femme, ayant rang d'épouse, des droits, et un caractère à coller à ces droits.

Car le drame qui épouvantait Henri, c'était justement cette question d'un caractère : il savait d'héritage que tout être humain, et surtout une femme, peut bien dans l'euphorie des premières amours véritables, promettre la lune, jurer que la vie sera sereine et douce, s'engager à toutes les tendresses. Ce sont des mots. Reste la réalité des choses ; elle est tout autre. Cent fois Henri avait vu s'épouser des jeunes qui filaient le doux coton du parfait amour, pour les retrouver un an ou deux ans plus tard, déçus, désaffectés, inquiets, déjà à couteau tiré l'un avec l'autre.

Et toujours, lorsqu'il questionnait les proches, il apprenait que c'était de la femme que venait le mal. Finies les promesses et les serments ; sous tout prétexte, même le plus futile, elle reniait ce qu'elle avait dit, trouvait les raisons de changer ses agissements à sa guise. L'homme, éperdu, ne comprenant plus qu'on lui reproche aujourd'hui ce qui avait été, autrefois, la raison des serments éternels, tentait de s'accomoder alors que, soudain, une femme ayant tous les droits détruisait cela même qu'elle avait édifié...

Or, ces malheureux étaient quand même des voyants. Ils avaient cette protection de pouvoir déceler l'air d'un visage, la nature d'un sourire. L'aveugle, lui, ne peut rien parer : il est esclave du bon vouloir. Il n'a, pour le guider, que le ton de la voix. C'est trompeur.

Brutalement, Henri avait décidé de ne prendre que le sexe offert, de posséder sans autres exigences, et de rejeter, de force s'il le fallait, toute tentative d'invasion de sa vie. Il devait en être ainsi, selon lui. Il entendait ne jamais partager ses joies. Libre, il le resterait ; libre de marcher à sa guise, de crier ou de chanter, de vivre et de survivre sans devoir rendre de comptes. Et en sachant que si des mots aigres l'accueillaient à la maison, il n'avait qu'à les faire taire de deux ou trois coups de canne bien appliqués. Avec une épouse, on se comporte autrement ; c'était ce qu'il refusait. Et cela, tout le monde au village le savait.

Mais alors, d'où venaient donc en lui ces pensées ? Il en était stupéfait, il ne comprenait plus rien, il se débattait contre une telle folie l'envahissant. Épouser l'inconnue ? C'était idiot !

Mais plus il combattait l'idée, plus celle-ci se faisait impérieuse. Plus s'imprégnait en lui l'idée que s'il l'avait là, à portée de bras, jeune et fraîche de peau, c'en serait fini d'une impotence comme celle d'aujourd'hui.

Quels démons s'étaient donc introduits là, dans sa tête, qui tentaient de le suborner ainsi, de le pousser vers un acte qu'il avait juré ne jamais commettre ? D'où pouvaient venir de telles pensées ?

Il n'en dormit pas de la nuit, et au matin, le plus étrange était qu'aucune de ces pensées n'avait disparue. Qu'elles étaient là, toujours présentes, dont il ne pouvait se débarasser.

Il alla trouver Daniel, aux champs. Cette fois, une impulsion le mena vers son frère (celle-là d'autant plus inexplicable qu'il ne se permettait pas de telles démarches quand le sujet était aussi délicat) qui appartenait à cette même force mystérieuse qui l'agitait depuis la veille.

Daniel entassait les veilloches.

—Il me faut savoir, dit Henri.

Prudent, Daniel se taisait. Il restait irrésolu, immobile, appuyé sur le manche de la fourche piquée en terre.

—Je pense au mariage, dit Henri.

C'était bien loin de ce que s'attendait Daniel. Il ne put retenir une exclamation.

—Je sais, dit Henri, c'est imprévu. Tu ne veux rien savoir ?

Daniel hésitait encore. Avec son frère, il n'avait jamais su s'affirmer. Il savait la canne agile, capable de le frapper en coup de fouet. Il préférait se taire. Si Henri avait un secret, qu'il le confie. S'il voulait un avis, Daniel essaierait d'abord de savoir de quelle nature devait être cet avis. Il n'y avait là que logique de paysan qui a plus souvent souffert que joui.

—Je suis hanté, dit Henri. J'ai un mal en moi. Ça me tient au ventre, et c'est plein de mots de mariage. On dirait que je ne peux plus m'en défaire. Et il faudrait que j'épouse la fille de la pinède...

—Quelle est ta préférence, dit lentement Daniel, en pesant ses mots. Veux-tu l'épouser cette fille ?

—Moi ? Je fornique, Daniel. Je les prends, les

filles, je les cloue par terre, mais je ne les épouse pas !

— Personne ne t'y force, donc ?

— Et cette espèce de chose qui hante ? Je ne peux pas te l'expliquer. C'est plus fort que moi... Tu comprends ça, une chose qui est plus forte que moi ?

— Non, c'est vrai, Henri, tu es fort.

— Je suis le plus fort. Et maintenant, je suis à la merci de mots qui me courent les veines comme un poison paralysant. Je ne peux pas y résister. Si je revois la fille, je le sais, je lui demanderai de m'épouser. Et il ne faut pas !

— Ne le demande pas, Henri.

— Mais comprends : je suis incapable de m'en empêcher !

— Ne va plus à la pinède.

— C'est plus fort que moi !

— N'y va plus.

— Je te dis que c'est plus fort que moi. Il faut que j'aille.

— C'est étrange.

— C'est un maléfice, Daniel.

— Je n'y suis pour rien, je te jure...

Daniel avait reculé de deux pas. Il voyait la rage impuissante envahir Henri. La canne volerait d'un moment à l'autre et frapperait n'importe où.

Et il avait eu des mots de défense, de protection... Il n'y était pour rien, dans les sortilèges. Mais se pouvait-il, d'autre part, que Judith... confusément, il entrevoyait là une chose innommable, des complots affreux. Si au moins il pouvait apprendre qui était cette fille, ce qu'elle voulait...

— Pourquoi y serais-tu pour quelque chose ? demanda Henri calmement. Je ne t'accuse pas. D'ailleurs, ça n'aurait pas de signification. Quelque chose me tient, un monstre en moi. Il va changer ma vie, et je ne le voudrais pas...

Plus tard, dans le jour. Daniel aperçut Judith qui allait de la maison au poulailler et l'y suivit.

— Toi et cette fille, dit Daniel, vous complotez. Je sais que tu connais des sorcières. Henri se dit hanté. Il assure qu'il est plein de mots de mariage, d'intentions, qu'il ne peut s'en défaire. Y a-t-il un de tes mages, ou une sorcière de la ville dans ce complot ?

Judith était bien songeuse.

— Il parle mariage ? dit-elle. Il dit que c'est une force ?

— Oui.

Quand, ce soir-là, alors qu'Henri était monté à sa chambre et que Daniel était dehors, Judith fut prise d'une grande résolution. Peu importait l'avenir. Tout était devenu plus important que ces jours sans joie, sans espoir, ces longues années de servage dans la maison d'Henri. Daniel seul pouvait trahir et faire échouer les choses. Alors elle sortit dans le crépuscule sombre, trouva une barre de fer à son poids et à sa main, vint sur Daniel par derrière et le tua d'un seul coup. Puis, elle l'enterra dans l'étable, sous les stalles des vaches, où personne ne songerait à venir le chercher.

Chapitre onze

Il y a le village. Et il y a ce pays. L'un comme l'autre, en forme de paix. L'un à l'autre accordé, s'acceptant aussi, s'interpénétrant. C'est un état souhaitable lorsque le peuple est adonné plutôt au silence, un peu revêche, rendu méfiant par ce qui n'est ni pauvreté ni richesse, mais niveau étale, désespérant à la longue, seul résultat à escompter d'une sueur continuelle, d'un recommencement de tous les matins, sans que jamais rien ne change, sans que jamais rien ne doive changer.

Et pourtant, à l'œil, on ne pouvait rejeter la joliesse du site, l'étonnante douceur des côteaux, l'immensité du ciel, l'allure de sagesse ancienne des arbres.

Tout ou rien, sous l'œil de Dieu. On le sait, dans les villes d'acier et de béton où prospère l'humanité. Là, et là seulement, peut-elle escompter croître, s'épanouir. (Si l'on indique comme barème l'or dans les coffres. Mais il y en a d'autres). Ceux qui pêchent sur les grandes rives de mer, ceux qui besognent dans les hautes futaies, les creveurs de sol aussi, les planteurs de hautes plantes et les casseurs de cailloux, quel que soit le site, sa grandeur, son aspect d'immensité, ses couleurs et la douceur de leur ciel, ils ne connaissaient à la fin qu'une lente et patiente médiocrité. Qui est compensée, disent les riches de la ville, par justement ce panorama sans pareil, et le privilège qu'ils ont, ces besogneurs de jour en jour, d'être restés enracinés dans la nature.

En quoi ils n'ont pas tort, dans un sens. Mais s'ils philosophaient entre eux, sans venir étaler leur luxe devant les médiocres qu'ils portent aux nues, peut-être ces médiocres se consoleraient-ils de ne point avoir les ors et les soies...

C'est un raisonnement qui se défend. Mais aux conditions actuelles on ne peut rien changer, il faut les subir. Ce qui signifie qu'il faut subir une certaine pauvreté, plier l'échine et se consoler — oui, c'est vrai ! — en songeant qu'il y aura quand même le beau jour de mai et le beau couchant de septembre, et l'odeur du foin neuf et la tendre haleine de la brise d'aube, et que cela, l'homme riche, fût-il le plus riche, ne peut que l'emprunter à l'occasion, mais qu'il n'y aurait point d'or au monde avec lequel l'acheter. Et qu'il est probablement l'or méconnu du pauvre, la cachette aux millions de Dieu que le pauvre ne sait pas reconnaître.

Le pays de l'aveugle, c'était fait de vallons et de vals, de ruisseaux, même de rivières sillonnant entre ces collines rondes comme des seins de filles, ici et là plantées d'arbres. Des pinèdes, fruit de plantations anciennes, par des aïeuls prévoyants, des chesnaies, des érablières.

Par le climat, pays d'occident, mais de cet occident qui jouit à longueur d'année d'une ceinture altière de montagnes qui touchent le ciel. Alors tous les grands vents froids sont sommés de s'interrompre. Il neige en ce pays, mais peu. Il y fait froid, l'hiver, mais avec modération. Tout comme, l'été venu, il y fait gentiment chaud et pas plus. Rien de ces chaleurs humides et écrasantes ; seulement de la douceur. Pays de rêve ? Mais toute médaille a son revers. Sur cette terre, des humains en somme bien protégés ; mais dans la terre même, des sucs insuffisants, rien de ce qu'il faut pour bien nourrir des racines. Il y vient un foin qui est beau, mais trop court, une avoine verte à souhait, mais aux épis maigres. Le navet ne grossit pas, la carotte y est mince, l'échalotte fluette et le chou un peu trop mou. Rien qui fasse rejeter chacun, rien qui le rende mauvais en soi, mais justement assez pour qu'on ne s'exclame pas sur la bonté du sol.

Et le village ? Un peu plus d'aisance là, c'est normal. Quelques rentiers. Ils ont quitté la terre, qu'ils ont vendue, ou qu'ils ont donnée à rente à leur fils. Ceux-là vivent à petite journée, immobiles au pas de porte, assis à regarder qui passe. Et un petit potager grand comme ça, à l'arrière de la maison, où ils s'occupent une heure durant, le matin très tôt, à l'aube, comme pour se retrouver, et le soir un peu, avant le sommeil, et alors on dirait qu'il leur est difficile de s'arracher, de rentrer à la maison. Une sorte de racine de nostalgie. Une preuve dont ils ont besoin pour savoir qu'ils sont encore nécessaires à la terre.

Entre temps, ils rêvent. Et ils sont à l'âge où ils oublient tout d'hier, mais se souviennent mot à mot et geste par geste des temps d'enfance.

Rien, quand même, ils ne sont plus rien. Ils descendent vers la mort à laquelle ils ne veulent pas penser, même s'ils en parlent.

Et puis, il y a aussi les autres au village, ils sont les plus nombreux. Ceux-là parlent, discutent, gesticulent, vont et viennent. Ils servent en quelque sorte les paysans. Ils sont cordonnier, maréchal-ferrant, épicier, mercier, boulanger. Ils sont tout cela et plus encore. Certains sont charpentiers et vont chez les fermiers malhabiles refaire des portes ou des remises, clouer des soliveaux branlants, asujétir une barrière ou rapetasser un toit qui coule. Il y a un maçon, on voit ce qu'il accomplit de murs, de parois de puits, d'abreuvoirs à vaches. Tous les villages comptent de ces gens. Ils varient un peu selon l'endroit du monde, mais ils clouent, ou cousent, ou maçonnent, ou tirent l'alène pour les paysans de leur entourage. Ils voient aux voitures, aux socs de charrue, aux harnais des chevaux, aux chevrons des granges. Ils vendent les produits que la terre ne fournit pas. Ils reçoivent et expédient la poste, ils entretiennent les chemins et les ponts. Ils sont là, parce que cent, ou deux cents ou mille fermiers ont besoin d'eux. Et parce qu'ils ont tous, fermiers et villageois entre eux, donnant-donnant, besoin les uns des autres.

Donc, ce village où chemine parfois l'aveugle, ressemble à tous les villages, en ce sens-là.

Celui-là, toutefois, est mieux bâti que d'autres, plus coquet. Il y a des parterres, il y a des fleurs, des clôtures blanches, des toits rouges. On y chercherait en vain une bicoque. Il y a des maisons plus pauvres que les autres, mais pas tellement qu'on n'en repeint pas les murs lorsqu'il le faut.

Cinq cents âmes. Belles et bonnes, capricieuses et volages, sombres et purulentes, mais ces dernières en petit nombre. Des femmes qui sont des femmes, et les hommes à l'avenant.

S'il fallait un jour narrer la vie cachée de chacun, de chacune, une chronique égrillarde tantôt passionnée, tantôt excitante... Un peu de tout, en abondance. La morale au ras du sol, sans trop de servitudes. À la montée des jeunettes, un bel élan. C'est normal. Quant aux épouses, selon l'âge. Les ridées autrefois belles pourraient en raconter long sur leur propre passé.

Les autres vivent au présent. Pas toutes : on en compterait une vingtaine ou plus que la chose n'intéresse pas assez pour qu'elles risquent.

Tout cela est fort normal. Et accordé au pays. On n'a pas, dans les habitudes « nationales » de l'endroit, la manie de se formaliser des choses du genre. Et, ma foi! c'est très bien ainsi.

Y aurait-il autre chose à dire sur ce village ? Sauf qu'il est blotti dans le vallon, qu'une petite rivière le traverse, qu'on y danse sur la place tous les samedis soir, et qu'on se repose véritablement le dimanche. C'est d'ailleurs le vrai jour de la famille. Ce qui se passe de discret n'est pas accompli le dimanche, mais en semaine, à la faveur des chemins creux, des pinèdes, de maints autres endroits tout aussi propices, à l'occasion d'une rencontre souvent fortuite, parfois désignée d'avance. Le dimanche, rien de tel : on le consacre à la famille.

Hors ce village pas mieux, pas pire qu'un autre, trois ou quatre cents paysans. Ils sont la raison d'être du pays, somme toute. Et ils ne renient aucun des caractères de la nation. Ils sont industrieux, ils ne sont pas riches, ils survivent parce qu'ils n'ont peut-être pas le choix. Une vie plus ordonnée que les gens du village, des heures bien longues, des inquiétudes plus graves, la marche du troupeau, la donnée des récoltes, les inconstances de la température, tout cela ne leur laisse pas grand temps pour les frivolités. Quoiqu'ils y arrivent, quand même. Ils sont surtout acharnés.

Ce n'est pas une qualité facile à expliquer ni commune chez tant d'êtres à la fois. Elle sourd des conditions de vie quotidienne, dans la donnance du sol, dans l'état précaire de la plupart des lendemains. En disant d'un peuple qu'il est acharné, on songe à la survie seulement. Il y avait plus, chez les gens de ces cantons ; l'acharnement n'était pas que limité aux seuls labeurs. Il se retrouvait aussi, bien autrement, dans l'ensemble de la vie collective, de la vie conjugale, de la vie tout court. En pensée et en acte, en ambitions et en inimitiés.

Ce qui arrivait à faire un groupement d'hommes assez spéciaux ; attentifs à chaque instant de leur destin.

Henri, l'aveugle, était peut-être typique. En combien de pays trouver un infirme possédant une telle force, un tel mépris du destin, une telle cruauté animale ? Et, faut-il le dire, un tel acharnement ?

À partir de ce village, de ce canton, pour l'illustrer au mieux, décrire l'aveugle Henri comme il fut décrit.

Et pour parler d'un être à part, bien peu accordé à ses congénères, différent en son essence même, Daniel.

Daniel, aujourd'hui défunt. Henri l'aveugle, toujours vivant. Races d'hommes à part, agissant au-delà de toute logique, femmes vouées aux extrêmes, tendrons ou mégères, engendreuses ou tueuses. Mais au contraire de Daniel, ayant dans leur désir de continuer une suite peu commune dans les idées.

Peu loquaces, tous, butés souvent, presque toujours habitués à subir la vie sans trop broncher en apparence, mais à la combattre à pieds et poings dans sa propre solitude. Tout à fait comme Henri.

Et peut-être, s'il fallait un mot de la fin, des aveugles qui s'ignorent, parce qu'ils ferment le rideau volontairement et au besoin.

Ce qui les rend, par conséquent, aussi infirmes qu'Henri sans le savoir...

Chapitre douze

On chercha Daniel, c'était logique. Henri d'abord, parce qu'il le croyait déjà aux moissons. L'aveugle erra d'un champ à l'autre, de pâturages en jachères. Il appela.

— Daniel ! Où es-tu, Daniel !

La femme Judith avait bien dit dans la cuisine que Daniel n'était certes pas parti au village, qu'elle l'avait vu se diriger vers les champs, une fouche sous le bras.

Mais dans les champs, Daniel ne répondait pas aux appels. Puisqu'il était mort et enterré dans l'étable. À midi, Henri se rendit à l'évidence, Daniel n'était pas là.

— Tu es sûr, dit-il à Judith dans sa cuisine, que tu l'as vu partir aux champs ?

— J'en jurerais, naturellement, dit Judith, puisque je l'ai vu.

— La fourche sous le bras ?

— Tout juste.

Dans l'esprit d'Henri, nulle idée comme la veille, lancinante et stupide. Fi du mariage ! Où était Daniel ?

— Au village, dit-il, de guerre lasse. Il ne peut être ailleurs.

Judith parlait d'une voix calme.

— S'il lui était arrivé quelque chose aux champs, nous l'aurions su. Mansour fauche aujourd'hui, ses terres dominent les nôtres, il l'aurai su.

— Va me chercher Mansour.

— J'ai quand même à faire. Vous ne mangerez pas ?

— Si tu crois que je le pourrais ! Va chercher Mansour.

Elle tenta une dernière résistance.

— C'est le haut du soleil, j'y prendrai mort. Ça ne pourrait attendre ?

— C'est ton mari ! hurla Henri. Tu n'es même pas inquiète de savoir où il est ? Tu l'as déjà vu disparaître de cette façon ?

Daniel était ponctuel et loyal. En plein temps de moissons, il ne se serait pas absenté à sa guise, il aurait d'abord consulté Henri. Tandis que sans crier gare, il disparaît ?

— Il y a du louche là-dedans, dit Henri. J'ai du pressentiment.

Judith ricana.

— Une demi-journée ! Et s'il était allé au village ?

— Tu dis toi-même qu'il a pris par les champs armé de sa fouche.

— Bon. Mais il a pu passer par les hauts et prendre le chemin longeant la pinède. Il a pu revenir sur ses pas, comme un homme qui a changé d'idée, sans que je l'aie vu. Tout est possible. Avant ce soir, c'est de s'inquiéter pour rien.

— Partir comme ça n'est pas son genre.

— On ne peut en changer, non ? Est-on esclave d'une seule routine ? Daniel va réapparaître ce soir. Vous verrez, il sera allé au village. Pourquoi n'allez-vous pas y voir ?

— Je veux d'abord parler à Mansour.

— Allez-y vous-même, vous connaissez le chemin.

— Je reste ici. J'ai couru les champs au soleil tout le matin. Tu es restée au-dedans. Vas-y, c'est important.

Elle ne bougeait pas, et même ses mains qui pelaient les légumes étaient immobiles. Elle attendait. Dans la grande cuisine basse et sombre, avec son âtre à plein mur à l'autre bout, la table de bois rude et les grands bancs des convives, l'on n'entendait qu'un bourdonnement doux, celui d'une centaine d'abeilles venues des ruches, plus loin que la grange, pour butiner une plate-bande de fleurs. Comme elle ne se décidait pas, Henri leva haut la canne.

— Pars tout de suite, hurlait-il. Va chez Mansour et ramène-le, il faut que je lui parle.

Elle devait attendre le geste, car elle baissa la tête et soupira.

— Bon, c'est comme vous voudrez, dit-elle. Mais si j'attrappe la mort !

— Tu n'attraperas rien ! cria Henri. Tu es forte comme une cavale !

Il fouetta de la canne, manqua de justesse Judith, qui cria comme un putois et courut. Mansour revint avec elle, plus tard. Judith savait bien ce que répondrait le voisin.

— Je n'ai pas vu Daniel. Je n'ai rien vu. Autre que toi, dit-il, quand tu te promenais en l'appelant. J'ai pensé que vous vous étiez mal entendus.

D'autres recherches furent vaines. Pendant un temps, Mansour aida Henri à explorer les bâtiments, mais n'y trouva rien, bien sûr.

Et puis Henri s'en fut au village, bien peu convaincu d'y trouver Daniel. Comme de juste, son frère n'était pas là. Il attendit même l'arrivée du car de la ville, s'enquit auprès du chauffeur puisque Daniel n'en descendait, s'il avait pu descendre au chemin de levée, à la fourche. Pas plus là qu'ailleurs : le chauffeur connaissait Daniel et ne l'avait vu ni le matin à l'aller, ni le soir au retour. Mystère.

Henri ne se décida à appeler les gens de la loi que deux jours plus tard. C'était une piste bien froide. Et comment savoir ? On explora tous les recoins, bien sûr, mais en trois jours pleins qu'il n'était plus là, sa fosse sous les vaches était bien dissimulée. Qui aurait cru trouver là un cadavre ?

Moins on trouvait Daniel, plus on fouillait de haut en bas. En pure perte. La seule solution d'allure ordinaire, c'était que l'homme avait été tué et dissimulé. Judith devait s'attendre à ce que l'on songeât ainsi, car elle resta impassible. L'un des chefs, parmi ceux qui enquêtaient, le lui fit remarquer. Elle haussa les épaules :

—C'était mon mari, il s'en tirait comme il pouvait. J'aurais préféré qu'il reste, mais s'il a voulu partir, je n'en pleurerai point.

Discrètement, on s'enquit d'Henri, puis des voisins, de l'état des relations entre Daniel et Judith. S'étaient-ils querellés ces derniers temps ? Non, il n'y avait pas eu de querelle, que l'on sache. Dans la maison de l'aveugle, dirent les voisins, la canne volait souvent, c'était connu. L'homme n'avait pas un caractère d'ange. Mais jamais il n'y avait eu de querelles entre lui et Daniel. C'était plutôt avec Judith. Quant à elle et Daniel, ce n'était peut-être pas le parfait amour, mais ils se toléraient.

D'autant plus, disaient-ils à la police, que dans ces cantons-ci, on n'a pas tout le temps voulu pour les pelotages continuels. Pas plus qu'on n'en a le caractère.

—Non, je sais, dit le policier d'un air sombre. Vous passez pour des gens âpres à gagner.

—À faire tant bien que mal, dirent-ils.

—Oui. Ce n'est pas comme au village.

—Justement, dirent les voisins, ce n'est pas comme au village.

Sur quoi les policiers se lassèrent, et à la ville, on classa l'affaire.

—À mon idée, dit un lieutenant, l'homme a pris le long chemin. On le retrouverait à l'autre bout du pays, sous un faux nom, avec une autre femme. De ce que nous avons appris, il faisait l'esclave pour son frère l'aveugle. Mal payé. Et sa femme, pas du tout le genre qui retient un homme. Le type mégère qui va chez les sorcières et qui fait la loi dans le ménage... Il s'en est lassé, il est parti. Dans le fond, tant mieux pour lui...

Et ainsi, Daniel assassiné, reposa dans la paix des victimes, qui est ce qu'elle est dans l'au-delà.

Et Judith respira.

L'aveugle rongea son frein. Il s'était enragé contre la sorte d'indifférence des policiers. Ils avaient semblé dire que Daniel s'était tout simplement enfui, dare-dare, la patte en l'air. Or, Henri savait bien que son frère n'aurait jamais fait rien de tel, que ce n'était ni dans son caractère ni même dans ses possibilités de bravoure humaine. Quelque chose lui était arrivé, mais quoi ? Pour cette fois, il maudissait son destin d'aveugle.

Ah, s'il avait pu posséder des yeux de nouveau, il aurait entrepris ses recherches à lui, autrement plus minutieuses. Quant à Judith...

Il en avait contre la femme ; un pressentiment en lui l'avertissait qu'elle en savait plus long qu'elle n'en révélait. Il trouvait étrange ce calme qu'elle affichait, ce mépris. On ne pouvait le nier, elle semblait soulagée que son homme ne soit plus là.

Il la surprit à chantonner en préparant le repas, chose qu'elle n'avait jamais faite auparavant.

Henri, accablé d'une lassitude nouvelle, baissait la tête sans rien dire. Quelque chose en lui ne fonctionnait plus comme autrefois. Sans bien s'en douter, il s'en était reporté plus qu'il n'aurait cru sur Daniel. Il le bousculait et le traitait de haut, mais c'était quand même vers lui qu'il se tournait, le plus souvent. Le seul à qui faire confiance...

Dans sa nuit, Henri n'avait qu'un seul appui, il venait de le perdre. Et de le perdre bêtement. Il y a de la finalité dans la mort, mais dans l'esprit d'Henri, Daniel n'était pas mort, pas vraiment, et il lui en voulait d'être seulement parti, sans dire un mot, sans au moins discuter avec son frère.

Et puis, aussi, cette dernière fois où l'aveugle avait causé avec Daniel, ce dernier n'avait montré aucun signe de vouloir fuir. Ils avaient parlé de mariage, de ces idées étrangères, dominantes, qui envahissaient Henri... Bien sûr, Daniel avait semblé un peu réticent, et même aujourd'hui qu'il y songeait mieux, un peu lointain. C'était enrageant d'y penser. À ce moment-là, déjà, Daniel voulait donc s'enfuir ?

— Il n'aurait pas pu me le dire, non ?

Et vlan ! de la canne. Il était dans ses champs à demi moissonnés. Il se demandait comment il s'y prendrait, le lendemain, les autres jours. Où trouver des bras valides ? Dans ce pays sans espoir, demande-t-on aux voisins de récolter pour soi ? Lorsque leurs propres labeurs seraient terminés, peut-être viendraient-ils, mais alors les avoines et les blés seraient trop mûrs, ou pourris même, sur le sol. C'était, pour Daniel, une façon traîtresse de partir. S'il avait attendu seulement une autre semaine, ou dix jours...

Ce serait une mauvaise année, assez mauvaise pour mettre Henri en mauvaise posture. Mais il se sentait impuissant à y remédier.

Où donc était allé Daniel ? Et à en juger par son attitude, qu'en savait vraiment Judith ?

Chapitre treize

Et pourtant, pour Judith, tout ne tournait pas rond. Les jours après la mort de Daniel, elle n'avait pas eu trop de temps à rester à la disposition de la police. Par prudence, elle n'avait pas quitté la ferme, elle n'avait pas vu Lisette.

Il fallut la paix revenue — et si relative fût-elle — dans la maison pour qu'elle se décidât à marcher jusqu'au village. Il lui fallait voir Lisette, la rassurer. Lui dire surtout que même, et mieux que jamais, puisque Daniel n'était plus là. Il était à peine besoin de se cacher : qui serait témoin désormais ?

Mais Lisette était sèche, lointaine. « Je ne veux rien savoir. »

Judith, estomaquée, n'en croyait pas ses oreilles. Elles étaient allées toutes les deux le long de la rivière traversant le village, là où elle fait une courbe douce enveloppée de saules. On y peut s'asseoir sur la berge, cachés à tous yeux.

Lisette, par terre, les jambes étendues droites, appuyées sur les paumes, regardait l'eau silencieusement. Judith, accroupie à l'indienne, son visage anguleux frémissant, scrutait le visage de sa comparse, y cherchant une émotion quelconque.

— Daniel n'est plus là, fit Judith de nouveau. Tu ne comprends pas ce que cela veut dire ?

Lisette haussa les épaules.

— Tu abandonnes ? fit Judith.

— Non.

— Alors, qu'est-ce qui se passe ?

— Rien. Tout va.

— Ce n'est pas ce que tu laisses entendre. Comme tu parles, je n'aurais qu'à me retirer.

— Oui.

— Mais pourquoi ?

— Parce que tu penses agir favorablement, et tu nous jettes dans un piège.

— Quel piège ?

— Tu crois, Judith, que je n'ai pas compris ce qui est arrivé à Daniel ?

— Il est parti...

— Il n'est pas parti. Tu l'as tué. Et te voilà dans de beaux draps.

— En tout cas, il n'est pas là, le Daniel. Il avait le nez long.

— Il restait bien peu à faire ; Daniel, nous l'avions bien contourné, il me semble. La chose aurait pu continuer...

— Henri lui avait parlé de ses idées de mariage...

— Et puis ?

— Daniel m'avait secouée et les sachets étaient tombés par terre. Il a compris que j'étais allée vers les sorcières. Il reliait tout ensemble. Il comprenait mon rôle, et je sais qu'il aurait tout raconté à Henri. Il fallait qu'il meure.

— Et te voici joliment faite, sur l'heure. Tu vas tout droit à la potence...

— Si j'y vais, je t'y entraîne.

—Et comment ? Je ne sais rien de tes manigances, moi. Qu'est-ce que tu prouverais ? Que tu as obtenu des sachets, et un sort ? En quoi cela me concerne-t-il ? Moi, j'ai vu Henri... C'est tout. C'est une affaire entre lui et moi. On prouverait que nous avons été ensemble à causer ? Il y a longtemps que nous causons comme ça, à l'occasion... On trouvera vingt mobiles te concernant, et aucun qui m'implique, moi, dans l'affaire.

—Tu es méchante, Lisette.

—J'ai le droit de l'être.

Judith, toujours maîtresse d'elle-même, s'était toutefois toujours sentie figée par cette fille trop belle, aux yeux sans joie, à la bouche amère. La voir ainsi, indifférente au sort de sa complice, la remplissait de stupéfaction.

—Je ne comprends plus rien, dit-elle. Qu'est-ce qui t'arrive ? Tu ne veux pas continuer ?

—Oui, fit Lisette, je veux continuer. Mais je n'ai plus besoin de toi, c'est tout.

—Tu crois ?

—Oui... Les magies sont irréversibles...

—Henri a oublié le mariage. Il est soustrait au sort. Il ne pense plus qu'à Daniel.

—Tu lui donneras un autre cachet.

—Et si je refuse ?

Liette eut un ricanement doux.

—Avant que tu fasses disparaître Daniel, je n'aurais pas eu besoin que tu administres cet autre cachet. Maintenant, c'est nécessaire, pour que la communication se rétablisse...

—Tu en sais long...

—Oui. Je connais les magies.

—Et c'est moi que tu as déléguée ?

—Je croyais t'apprendre des choses...

— Que je savais déjà. Et maintenant, tu administreras un dernier cachet, je te l'ordonne.

Tremblante d'une rage qu'elle arrivait à peine à contenir, Judith était blême comme un hibou d'hiver :

— Et si je refuse ?

Lisette se redressa, se tourna un peu vers Judith et la regarda dans le blanc des yeux.

— Écoute-moi bien, dit-elle, et réfléchis ensuite. Quand les policiers sont venus chez toi, ils ne croyaient pas vraiment à un meurtre. Ils ont cherché partout, mais pour la forme. Je ne sais où tu as dissimulé le corps, mais ils viendraient à le trouver. Surtout si quelqu'un te dénonçait anonymement, les policiers reviendraient et à la fin ils te feraient parler. Ils savent les moyens, et tu n'es pas si forte que tu penses.

Il était bizarre d'entendre cette fillette de dix-huit ans à peine s'adresser à une femme de quarante ans, et la dominer par sa seule voix calme, égale, par la seule force d'une volonté que l'on devinait extraordinairement forte.

— Tu ferais ça ?

Judith contenait à peine une rage montante. Encore un peu et elle se jetterait sur cette péronnelle et l'étranglerait de ses deux mains. Lisette le comprit, car elle déclara sans changer de ton :

— Si tu crois pouvoir tuer une deuxième fois impunément, observe bien les alentours. Nous sommes cachés par les saules, mais il y a des maisons à deux pas, et des gens dehors. Et sur la rivière, là, tu vois ? Un pêcheur à la ligne dans son embarcation. Il ne nous observe pas, mais il jette un coup d'œil sur nous, parfois. Ce que tu me ferais, on t'en punirait sans tarder.

— Je te revaudrai ça, murmura Judith entre ses dents.

—Tu ne me revaudras rien. Tu es impuissante contre moi. Ce soir, tu lui donneras le cachet. Ensuite, je ne veux plus entendre parler de toi. Je ne veux rien savoir. Ton rôle, tu l'as joué, il est fini.

—Comme ça, et sans plus d'avis ?

—Comme ça et sans plus d'avis.

—Et si tu épouses Henri ?

—C'est une chose qui me regarde.

—Qu'est-ce que je deviendrai ?

Lisette eut un geste d'exaspération.

—Si tu n'avais pas tué Daniel, je me serais trouvée obligée de voir à toi. Et j'y aurais vu. Désormais, toutefois, les choses ont changé. Je peux te rejeter au bord de la route sans même me préoccuper de ce que tu pourrais devenir.

—Je croyais t'aider, te faire plaisir.

—Et tu t'es prise dans un piège. Maintenant, va-t'en, et ce soir, jette le sachet dans le thé d'Henri. Si tu ne l'as pas fait, demain, je saurai bien. Et alors je te dénoncerai. Tu paieras pour ton crime. Va-t'en.

À pas lourds, Judith repartit vers la maison d'Henri.

Elle sentait bien qu'elle était devenue impuissante contre la fille. Et ce complot à deux, où elle pouvait tirer bénéfice, maintenant n'était plus qu'une entreprise solitaire de Lisette où elle, Judith, n'avait plus rien à dire.

Elle ne pouvait plus en tirer le moindre bénéfice, et, de plus, Daniel était mort.

Mort stupidement, au nom d'une cause dont il ignorait tout et qui, finalement, ne signifiait plus rien.

Ce soir-là, d'un geste résigné et morne, Judith fit glisser le dernier sachet bleu dans le bol de thé.

C'en était fait, son sort venait de se sceller.

À tout jamais.

Chapitre quatorze

Pendant que, cette nuit-là, Henri dut se débattre contre les affres revenues, les démons à nouveau déchaînés, Judith conçut un projet qui la tint éveillée jusqu'au matin.

Et après qu'elle eut servi Henri et qu'il eut repris le chemin de la pinède de son pas maintenant lourd et désespéré, elle dénoua vitement son tablier, se passa un coup de peigne et courut vers la route où passerait à huit heures le car vers la ville.

Elle fut là-bas sans tarder, chez la sorcière.

Celle-là ne l'écouta pas.

— Un tel sort, furent ses mots, est irréversible. Il y a trop en cause. J'ai dû faire appel à des hauts niveaux chez les *thorsen*, mes maîtres. Au-delà de quoi il n'y a plus que les grandes demandes qui doivent rester secrètes à jamais.

— Je t'offre de l'or.

(Avant de partir de la maison, elle avait pris de l'or. Son magot secret, amassé au cours de bien des années, dont même Daniel ne soupçonnait pas l'existence. Ce n'était pas une fortune, mais la somme pouvait être alléchante, à qui la percevait d'un coup.

Comme quoi Judith risquait le peu de sécurité d'avenir qui lui restait, mais l'enjeu était de taille. Il signifiait survivre...)

— Tu m'offrirais le trésor hindou, dit la sorcière. Il ne s'agit plus d'or.

— Il s'agit de quoi ?

— De rien. Il est trop tard. Je ne peux plus reculer.

Dans cette ville, il n'y avait pas qu'une seule sorcière, d'autres opéraient aussi leurs magies. L'une d'elle, habitant dans une lointaine banlieue, reçut Judith avec sympathie.

Le récit fait du malheur à prévenir, elle secoua cependant la tête, tout doucement, d'un air triste.

— La sorcière que tu es allée voir est une sorcière *magistrale*, au-dessus de nous toutes, avec ses communications bien haut dans les niveaux d'au-delà. Elle accomplit ce que nous ne pourrions accomplir. Le sort qu'elle a jeté, je n'aurais pas pu le réussir avec de simples sachets. Il m'aurait fallu aller sur place, toucher à l'homme... Elle est deux fois plus puissante que nous.

— Tu ne peux rien ?

— Je ne peux rien.

— Voici de l'or.

— Je ne peux rien faire.

— Avec cet or, tu pourrais trouver des moyens, sans doute. Peut-être en t'alliant d'autres sorcières. Ensemble, vous pourriez vaincre.

— Nous serions cent en alliance que ce serait la même chose. À côté d'elle, nous ne sommes rien.

Judith s'en fut chez un mage.

— Je ne jette aucun sort, dit-il. J'en serais incapable. Je ne puis opérer que des magies douces et bénéfiques...

— Et combattre les maléfiques ? s'enquit Judith.

— Non, je suis impuissant contre eux, je dis l'avenir aux gens. Plus souvent, je ne fais que les baigner dans une aura de sérénité. C'est mon rôle.

— Cette aura combattrait mon propre danger ?

— Non plus.

Timidement, car l'homme en imposait, Judith tendit le bas de laine.

— Pour cet or, Mage, tu ne ferais rien ?

— Je ne ferais rien, je ne le pourrais pas.

Il toucha l'épaule de Judith :

— Ce que sont les sorcières, je dois l'ignorer. Ce qu'elles font, je ne puis le défaire. Elles sont impuissantes contre moi, mais pas à cause de ma force, à cause de mon rôle de bonté. Elles peuvent pervertir, tuer à distance, vicier une affaire. Elles traitent avec les forces du mal qui occupent la moitié de l'au-delà. Moi, je suis le messager des belles choses, des forces du bien. Je peux donner le bonheur...

— Tu peux me donner le mien.

— Non, parce que tu es alliée à une sorcière magistrale. Et même si tu traitais avec les autres, je ne pourrais rien pour toi.

Il sourit, regarda Judith, et conclut :

— Vois-tu, ceux qui viennent à moi doivent avoir le cœur pur.

Quand Judith revint de la ville, à la fin de la journée, elle avait la mort dans l'âme. Elle trouva la maison vide. Henri était encore à la pinède et elle se demanda si Lisette y était allée aussi. Et si elle y était allée, en quoi et comment progressaient les choses.

Mais elle se rabroua aussitôt ; c'en était fait, plus question maintenant de se préoccuper de ce qui arriverait, cela ne la concernait plus, cela ne la concernerait jamais.

Et si Henri épousait Lisette ?

Judith frissonna. Jamais Lisette ne lui avait dit ce qui arriverait si elle épousait Henri. Jamais non plus Lisette n'avait-elle dit une chose élémentaire : ce qui arriverait tout simplement, ce que deviendrait Henri, ce qu'elle accomplirait, elle, Lisette.

Ce ne pouvait être, en tout cas, qu'un acte étonnant, dont Judith était sûre que la fille l'avait longuement médité, longuement préparé.

Un acte où, désormais, elle, Judith, n'aurait aucune part. Sauf être témoin et impuissante...

* * *

Dans la pinède, ç'avait été un jour décisif. Bien sûr, la fille y était allée. Elle se devait d'y être, afin de constater si Judith lui avait obéi, la veille.

Et parce qu'elle y était, il fallut bien en arriver au point prévu, où une autre fois, Henri, éperdu, tenaillé par un désir immense, baissa pavillon quand même au moment critique.

Et la fille, plutôt que de partir comme la fois précédente, resta là, et roucoula des mots de consolation.

— C'est terrible, disait Henri. Je n'y comprends rien...

Et en lui bouillonnaient tous les mots revenus, parlant de mariage, assurant que c'était la manière d'être véritablement l'un à l'autre...

— Pauvre Henri, disait la fille, pauvre homme...

— Dis-moi au moins ton nom... Qui es-tu ?

Mais la fille éludait cette question :

— J'ai de la peine que les choses soient ainsi, Henri...

106

Elle se pressait contre lui, demi-nue.

Pour elle aussi, l'instant devait être décisif : la potion magique agissait-elle, ou non ? Si elle en jugeait par le visage tourmenté de l'homme, par une grande indécision qui se manifestait dans tous ses gestes, par l'angoisse dans sa voix, elle pouvait en déduire que le sachet avait été administré, et que c'était le moment où jamais de presser jusqu'au bout l'avantage.

Elle se faisait plus femme encore, plus chatte. Elle savait atteindre Henri au plus profond de son désir. Elle apercevait aussi la chair, avec ses forces renouvelées, qui reprenait préséance.

— Henri, murmura-t-elle d'une voix rauque. Tu reviens à toi...

Une fois de plus, Henri renversa Lisette sur la mousse, une fois de plus il se présenta à sa chair, mais une fois de plus aussi, l'ardeur tomba du coup...

— Avoir le temps, disait-il entre ses dents. La paix... Se connaître. Savoir ton nom...

— Si nous étions ensemble, risque Lisette dans un murmure...

Il eut une sorte d'exclamation sauvagement joyeuse :

— Tu voudrais ?

— Je ne sais pas.

— Tu es jeune...

— Oui...

— J'ai quarante-cinq ans... peut-être plus...

Lisette ne dit rien.

Henri, pressé sur elle, mordant sa bouche à pleines dents, se mit à crier :

— Épouse-moi ! Épouse-moi !

Elle le repoussa calmement, caressa ses bras, ses mains.

— Attends, Henri, reprends-toi, tranquillise-toi. Nous devons nous parler.

Assis, il redevint graduellement plus calme. Les mains fraîches de Lisette opéraient un miracle. Son souffle était moins haletant, et il voyait plus clair en lui-même.

Malgré les mots étrangers qui persistaient...

— Je veux t'épouser, dit-il.

— Je t'écoute, Henri.

— Si tu veux. Je sais que tu es jeune. Peut-être plus jeune que je ne crois.

— J'ai dix-huit ans, bientôt dix-neuf. On me dit mûre pour mon âge.

— J'ai un peu plus de quarante-cinq ans, vraiment...

— Je le sais. Je te connais depuis bien longtemps. Si tu avais été... voyant, tu m'aurais vue grandir.

— Veux-tu m'épouser ?

Henri se débattait contre lui-même. Il entendait sortir de sa bouche des mots bizarres qu'il n'aurait jamais cru pouvoir prononcer un jour. Et il les disait à une fille dont il ne savait rien, même pas le nom. Il la savait jeune, probablement jolie, sa chair semblait douce, et ses seins fort beaux. Mais en dehors de ces appâts, qui n'étaient que superficiels, que savait-il ?

Pourtant, il ne pouvait s'empêcher de la presser de son nouveau désir, de l'entraîner dans le mariage...

— Il faut que je t'épouse, dit-il.

Lisette hésita longtemps. Henri s'inquiéta.

— Ça te déplait, ce que je te dis ?

— Non... non...

— Alors !

Toute une partie d'Henri, un conscient qui n'arrivait plus à se faire entendre, aurait voulu se voir à l'autre bout du monde, en paix et sans risque. Mais l'autre partie, comme subjuguée, parlait pour les deux et s'imposait.

—Alors ? répéta Henri, peux-tu me répondre ? M'épouseras-tu quand même je suis vieux et que tu es jeune ?

Lisette comprit que le moment était venu.

—Oui, dit-elle, oui, je veux t'épouser, tel que tu es.

Henri eut un long soupir de soulagement.

Il étreignit Lisette.

—Tu verras, dit-il, je redeviendrai moi-même. Nous pourrons nous aimer jusqu'au bout. Ce qui m'arrive, c'est la joie qui est trop grande. Après le mariage, tout redeviendra comme avant.

—Oui, j'en suis sûre, répondit doucement Lisette.

Et elle savait bien qu'il en serait ainsi.

Puisque tout avait été prévu...

Chapitre quinze

À sa grande stupeur, Henri apprit que la fille se nommait Lisette Vaguerand, qu'elle était la fille de Romain Vaguerand, qu'il connaissait d'enfance.

Ce n'était plus une étrangère, une fille de hasard, elle faisait partie du village, de ses hiérarchies, de ses structures. Elle existait, somme toute, plus encore qu'il n'aurait cru.

Et, bien entendu, Henri se sentit vaguement troublé, car il avait connu Romain Vaguerand si jeune, ils étaient du même âge et ils avaient si souvent causé, que cela semblait incongru, ce mariage possible avec une telle jeunette.

(Dix jours s'étaient passés, et l'ardeur d'Henri connaissait les mêmes défaites continuelles, et les mots étrangers lui brouillaient toujours l'esprit.)

— Nous sommes amis d'enfance, dit Henri à Vaguerand. Élevés dans le même canton sans jamais nous quereller. J'ai du respect pour toi. Et j'ai été le premier surpris quand j'ai appris qu'elle était ta fille. Si j'avais eu des yeux, j'aurais bien vu, mais tel que je suis, ça m'empêche parfois de bien savoir ce qui en est.

— Je sais, dit Vaguerand.

C'était un homme grave, taciturne, peu enclin au badinage. Le plus sérieux des hommes du village, disait-on. Il en avait toute la considération, personne ne le pouvait nier. Bon ouvrier, sobre, ponctuel, honnête, bon père pour ses enfants.

—Lisette, dit-il, a ses idées. Nous ne pouvons plus en savoir long depuis qu'elle a quinze ans. Un jour, quand elle est devenue femme, tout a changé. Nous n'y pouvions rien, d'ailleurs.

Ce qui donne la mesure de l'homme : il respectait autrui. Et même ses enfants avaient le droit de devenir autres si cela leur plaisait, ou si le destin le voulait ainsi. Ce n'est pas commun chez les villageois — et même chez les bourgeois.

—Alors, tu vois, Vaguerand, j'ai connu Lisette...

—C'est votre affaire. Et tu veux l'épouser ?

—Oui.

—Tu as du bien, c'est connu. Tu peux faire vivre une femme honorablement. Mais d'après ce que nous savions, tu ne voulais pas te marier.

—Je sais.

—Il a fallu que ça change...

Henri ne put avoir qu'un geste du bras au ciel. Aurait-il pu expliquer lui-même les raisons de son acte ? Ou en distraire certains détails pour que Vaguerand, homme lui aussi, le comprenne à fond ? Pour cette fois, Henri sentit qu'il valait mieux se taire, rester évasif.

—Il a fallu ça, oui, dit-il.

—Si ma fille ne te connaissait pas, dit Vaguerand en pesant ses mots, je la préviendrais contre toi. Au village, tu passes pour une brute. Mais je sais qu'elle le sait, qu'elle l'a souvent remarqué. Si elle va vers toi, c'est qu'elle choisit de plein gré. Là-dessus, je ne peux plus rien dire.

— Je serai bon pour elle.

Vaguerand tira une longue bouffée de sa pipe. C'était un petit homme sec, brun de peau, qui sentait toujours bon la sciure et les bois solides.

— Elle jugera à sa guise, dit-il. S'il le faut, elle trouvera toujours un toit chez moi, où se réfugier si tu la maltraites. Elle le sait. Elle n'a pas été chanceuse, telle qu'elle est, tu es bien bon de l'épouser. Ce fut une phrase qu'Henri n'entendit pas.

Il éprouvait encore le même tourbillon intérieur, parfois aussi souffrant qu'il était bouleversant.

Son esprit était déjà loin : il lui suffisait que Vaguerand accepte avec ce qui semblait de la bonne grâce, ce projet qu'une fille de dix-huit ans épouse un homme de plus de deux fois son âge.

— La noce, dit-il après un temps, quand sera-t-elle ?

— À la mi-septembre, dit Henri. Nous y sommes presque...

— Oui.

— Je ne veux pas attendre davantage.

— Et Lisette ?

— Tout pareillement.

Les jours furent occupés pour Henri. Il lui fallut aller à la vile, voir à ses argents, disposer d'un notaire, conférer avec lui, et retourner deux jours plus tard avec Lisette, pour que se signe le contrat.

Tout aussi bien dut-il retourner trois fois à la ville, afin de faire fabriquer chez un tailleur l'habit de noce qui marquerait l'importance de ce jour. Il commanda sans souci d'économie. Il savait que de son côté,

Lisette avait demandé à une couturière, aussi de la ville, de lui faire une robe plus belle que jamais.

—C'est un jour très important dans ma vie, avait-elle dit à la femme.

—Bien sûr, ma petite. Se marier, c'est important.

Mais Lisette avait répondu :

—Je ne pourrais vous expliquer sa véritable importance.

La femme avait été tendre et avait caressé les cheveux de la fiancée.

—Oui, c'est comme on le pense, on le dit. Je te comprends.

Et Lisette avait répondu :

—Peut-être cent fois moins encore que vous ne le croyez, madame. Cette robe doit être la plus belle que je porterai de ma vie. Peut-être la seule véritablement belle. Après, sait-on jamais ce que l'on portera pour le restant de sa vie ?

—Il ne faut pas être triste, dit la femme.

—Je ne suis pas triste !

—Tout s'arrange, tu sais. On apprend à être heureux plus qu'on ne le croirait.

—Je suis heureuse. Je le serai bien plus... après.

—On dirait que tu pleures...

Lisette se raidit.

—Je ne pleure jamais, madame !

Chapitre seize

La noce. C'est le jalon important. Noce de village. On voudrait s'épouser en secret qu'on ne le pourrait pas. On voudrait, délibérément, que tout soit triste, et on ne le pourrait pas.

La noce au village — et surtout en ce pays qui se raccroche à la moindre joie comme à un don de Dieu — c'est la fête de tous et pour tous.

Vaguerand avait bien fait les choses, il fallait l'admettre. Il avait plutôt parlé des réticences qu'il aurait. Il avait prétendu jusqu'au jour dit ne pas vouloir abreuver la foule. Il s'en tiendrait à peu de chose, les fêtards pouvaient apporter leur propre cruche. Mais comme on se connaissait bien dans les parages, personne n'en apporta, comme de bonne. Et on avait eu raison de faire confiance à Vaguerand. Sur trois tréteaux, il y avait autant de barriques de vin neuf, le meilleur, celui qui a goût de raisin et de soleil et qui entre dans le sang comme une bénédiction de chanoine un jour de liesse.

On n'en aurait pas attendu autant, même du brave Vaguerand ! Mais il y en avait pour tous.

Et pour septembre, une journée faite sur mesure :

115

du soleil sec et pas trop chaud. On y danse sous ce soleil, sans se lasser, même si le vent réchauffe.

Et justement assez chaud, par ailleurs, pour que les filles soient en robes claires.

À tout considérer, le soleil, le vin, la beauté des filles, l'ardeur de la musique, l'abondance des victuailles sur la grande table, on n'avait jamais vraiment vu de si belle noce au village. Tout concourait, voyez-vous, et la comparaison ne se faisait plus avec des noces d'autrefois, où, si la gaieté avait été franche, le soleil n'avait pas paru, ou le vin avait été un peu aigre, ou encore des lurons s'étaient battus aux poings au mauvais moment. (On s'attend toujours à ce que des gens se chamaillent un peu et rien ne vaut une bonne rixe à deux, trois ou quatre, alors que les femmes crient de peur délicieuse et tentent en vain de séparer les combattants.)

Il ne se produisit même pas de ces batailles imprévisibles, à la noce de Lisette et d'Henri. Il faut le dire et le redire : ce fut une noce parfaite, colorée, rieuse, bruyante à bon escient, bonne au goût comme au cœur...

Elle dura la pleine journée et même un peu plus, car il fallait bien vider les barriques, même après le départ des épousés. Et puisque les musiciens consentaient à jouer encore et jusqu'à satiété...

À sept heures, Henri et Lisette (La belle Lisette à son bras. Il la retient d'une main, porte la canne blanche à l'autre. Ah ! même si Henri n'a pas d'yeux, comme ils font beau couple dans ce soleil ! Lui, si fier dans son habillement de circonstance, elle, si belle dans cette robe extraordinaire que lui avait créée la femme de la ville. Qui aurait pu se douter ? La jeunette plus souvent mise en coton qu'autrement et parfois même

116

un peu dépenaillée, et cet aveugle qu'on connaît par sa chemise à carreaux, largement ouverte sur la poitrine, son pantalon de coutil noir, rude et sans grâce, les espadrilles dans ses pieds... les voir soudain, comme une belle apparition. Ce qu'ils en avaient suscité d'exclamations ahuries, stupéfaites, joyeuses, admiratives, envieuses...) prirent leurs chemins.

À sept heures donc, le couple partit pour la ville, où ils vivraient un court voyage de noce. Henri ne pouvait oublier que ses récoltes étaient compromises. Mais à cause du mariage, probablement, des bonnes volontés s'étaient présentées. On viendrait du village pour remplacer Daniel, cette fois-là. Mansour ferait sa part, et deux autres fermiers. En trois jours, étant donné le beau temps propice, l'on engrangerait le reste et même si la récolte avait un peu souffert, ce ne serait pas le complet désastre et Henri pourrait quand même voir à organiser les années suivantes. Judith n'était pas venue à la noce.

À la maison, elle n'a pu que regarder ces champs déserts partout aux alentours, et imaginer ce qui se passait.

Elle avait eu une folle envie d'aller se placer devant Lisette, au beau milieu de la fête, et de lui lancer des méchancetés. Elle s'est retenue, elle a compris le danger. Sur le coup, Lisette ne dirait rien, mais dans les jours suivants, qui sait ? Elle tiendrait peut-être sa promesse de la dénoncer si quelque chose arrivait.

À la maison, Judith pleura, ragea, rongea son frein, marcha de long en large comme une bête, mais resta là, prudente malgré tout.

Ce fut donc, on peut le dire, avec le cœur plutôt léger qu'Henri prit le chemin de la ville avec sa femme neuve.

Il se sentait moins torturé. Il était presque sûr de pouvoir aborder ses devoirs de mâle, ce soir-là, sans anicroche. Une certaine paix l'envahissait de nouveau, et une assurance qui lui rappelait le passé. Il redevenait peu à peu le Henri des beaux jours, il s'en rendait compte.

L'absence de Judith l'avait aussi ramené à la bonne humeur. Il n'aurait pas voulu sentir cette présence à la fête. Il était décidé à la renvoyer dès que Lisette entrerait chez lui. Qu'elle ne se soit pas montrée lui avait enlevé un grand poids de sur les épaules.

Tout allait bien. Il se sentait heureux. Et la voix douce, la voix tendre de Lisette qui lui avait murmuré des mots envoûtants à chaque occasion durant toute cette journée-là...

S'il avait hésité, s'il s'était tourmenté à la pensée de ce mariage, la contagion de la joie l'avait atteint suffisamment en ce beau jour pour qu'il puisse se sentir fier et content.

Une vie commençait. Il était sûr que ce serait une belle et longue vie...

— Lisette, s'exclama-t-il, c'est le plus beau jour de ma vie !

Et elle répondit d'une voix étrange, moins douce que celle de toute la journée, un peu contractée, retenue, une voix qu'il ne lui connaissait pas mais qu'il attribua à l'émotion.

— Moi aussi, Henri, c'est le plus beau jour de ma vie. Je te le prouverai tout à l'heure, à la ville.

Ému, il lui prit la main et resta silencieux, savourant sa joie, savourant son espoir de l'autre joie proche...

Épilogue

À la ville, ils furent à l'hôtel où Lisette avait demandé qu'il réservât une chambre. Une grande chambre, à peine au premier, donnant sur une grande cour pavée et un jardin tranquille. Ils y seraient pour trois jours...

Sitôt l'huis refermé, Henri tendit les bras et Lisette y vint docilement...

Les mots qui se disent à ces moments-là sont toujours les mêmes, dans tous les pays. C'est l'instant de passage, alors que l'on abandonne une vie pour en aborder une autre. Le portail n'est pas facile à franchir et il exige souvent de longues démarches. Pour Henri, il en avait été ainsi, après tout. Pour Lisette aussi, mais de tant d'autres manières...

— Je te veux nue ! dit Henri, au bout d'un temps.

— Moi aussi, soupira Lisette, je te veux nu...

Henri, qui souffrait quand même de ce faux col trop serré, trop dur, des souliers inhabituels, du pantalon bien coupé qui le tenaillait dans les aines, n'attendit pas davantage, et de main preste, tomba rapidement les vêtements. Il se tenait près du lit, où il a déposé sa canne, à portée de main.

Lorsqu'il fut nu, il tendit la main vers la canne, mais ne la trouva pas...

— Ma canne ? dit-il, sans trop comprendre.

— Je l'ai, dit Lisette.

Elle était à l'autre bout de la chambre, et Henri remarqua sa voix dure et cassante.

— Lisette ?

— J'ai ta canne. Et tu es nu. C'est le moment que j'attends depuis longtemps.

Henri, par un geste d'instinct, tenta de rejoindre Lisette. Il trébucha contre le lit, y tomba de face, se releva péniblement...

— Lisette, qu'y a-t-il ? fit-il d'une voix étonnée...

— Tu vas m'écouter !

— Qu'est-ce qu'il y a ? Je ne reconnais pas ta voix.

— Entends-moi bien. L'an dernier, il y a de cela presque dix-huit mois, j'étais dans la pinède avec un garçon que j'aimais et que j'aime encore. Toi, la brute, tu es venu, tu as humé le vent, tu as senti qu'il y avait quelqu'un. Bien sûr, nous ne voulions pas que tu nous dénonces. Mais tu n'as pas attendu que nous puissions partir, ou même te parler pour te calmer. Tu as fauché avec ta canne. Comme une bête sauvage que tu es...

— Lisette !

— J'ai toujours pu empêcher que tu vois sur ma joue la cicatrice qui est là, qui restera là toute ma vie. Le garçon que j'aime ne m'aime plus, il ne veut pas d'une défigurée... J'ai tout fait, mais j'ai eu la patience de le faire. J'ai enrôlé une sorcière, tu as été ensorcelé. Il a fallu t'insuffler des idées de mariage... Cela a été bien fait. Je voulais te faire rendre jusqu'ici, jusque dans cette chambre que je suis venue visiter moi-même, afin qu'elle remplisse toutes les conditions. J'ai ta canne, Henri, écoute ce que j'en fais...

Avec une force décuplée par la rage, Lisette brisa la canne, puis par le bruit, Henri comprit qu'elle en avait jeté les morceaux par la fenêtre.

—Lisette, je te demande pardon, je ne savais pas...

—Tu ne le savais que trop, d'une façon. Ce n'est pas la première fois que tu meurtrissais quelqu'un avec ta canne maudite. Jamais personne auparavant n'avait osé se plaindre, parce que tu brutalisais n'importe qui à ta portée. Aujourd'hui, c'est mon triomphe. Et ce n'est pas fini...

Henri, fou de rage soudaine, n'écoutant que ses instincts comme à l'habitude, s'était rué sur Lisette. Mais il était en territoire neuf pour lui, et inconnu. Il n'avait pas encore eu le temps de reconnaître la position des meubles, la nature des obstacles. Il trébucha sur des fauteuils, s'affala, se releva, et toujours la voix de Lisette le narguait...

—Il faudrait que tu te voies ! Puissant avec ta canne ! Mais dans le moment, tu n'es qu'une chose misérable...

Et comme elle parlait, elle se déplaçait, entraînant inéluctablement Henri à la suivre au son...

Puis elle fut devant la fenêtre.

—Pauvre imbécile, naïf, qui se prenait pour le dieu des grands champs et des pinèdes... Ce que tu en donnes, un joli spectacle dans le moment... Si tu te voyais.

Cette fois, elle était restée en place assez longtemps pour qu'Henri puisse la repérer. Il se lança d'un grand élan, et à la dernière seconde, Lisette dégagea, libéra la fenêtre. Henri y passa d'une traite et alla s'affaler sur le pavé, en bas.

* * *

Lorsqu'il fut ramené à la maison, un mois plus tard, il était cloué sur un fauteuil roulant, invalide.

Lisette l'attendait. Lorsqu'ils furent seuls enfin dans la cuisine, elle déclara d'une voix calme :

— J'ai renvoyé Judith, j'ai pris les choses en mains. Tu es immobile sur ce fauteuil pour le restant de tes jours. Tu n'as plus rien à dire en ce qui me concerne ni en ce qui concerne la maison. Le contrat de mariage m'accorde tout et j'ai commencé les procédures pour te faire interdire. Je vais voir à ce qu'à chaque instant de ta vie, tu te souviennes de m'avoir défigurée sauvagement, alors que je ne te connaissais même pas, et que je n'avais rien fait...

Et elle ajouta avant qu'Henri puisse prononcer la moindre parole :

— Ce n'est pas mal, chez vous. Ta terre est bonne, tu as un bon troupeau. Je ferai une bonne vie, à ma guise, à décider de tout moi-même. Elle tenait une canne mince à la main.

— Écoute, Lisette, dit Henri.

Alors, de sa voix égale, la fille déclara :

— Tais-toi !

Et elle ajouta :

— Il n'y aura jamais personne pour te protéger. Puis elle lui asséna un coup de canne en plein visage.

Sans même essuyer le sang qui gicla jusque sur la veste d'Henri.

Chronologie

1915   Le 28 novembre (le 27 novembre, d'après l'extrait des registres de baptêmes), à Québec, naissance d'Yves Thériault, fils d'Alcide Thériault et d'Aurore Nadeau. Ascendance montagnaise.

1921-1929 Études primaires et secondaires à Montréal, à l'école Notre-Dame-de-Grâce et au Mont Saint-Louis.

1930-1933 Exerce divers métiers : conducteur de camions, vendeur...

1934   Il séjourne au sanatorium Bégin du Lac-Édouard.

1935-1940 Annonceur aux postes CKAC (Montréal), CHNC (New Carlisle), CHRC (Québec), CHLN (Trois-Rivières), CKCH (Hull) et CJBR (Rimouski).

1942   Le 21 avril, il épouse Germaine-Michelle Blanchet qui lui donnera deux enfants : Marie José et Yves-Michel. Court séjour à Toronto, où il assume la gérance d'un journal puis celle de la publicité dans une usine de guerre.

1942-1945 Publicitaire et scripteur à l'Office national du film.

1944   Parution de *Contes pour un homme seul*, sa première œuvre, dont quelques-uns ont paru dans *le Jour* de Jean-Charles Harvey.

1945-1950 Scripteur à Radio-Canada. Fait des exercices de style en écrivant, sous divers pseudonymes, des romans «à dix sous».

1950   Première du *Marcheur* (21 mars) au Gesù. Parution de *la Fille laide*, son premier roman. Boursier du gouvernement français, il doit refuser la bourse pour des raisons de travail.

1952   Séjour en Italie. Premier prix au Concours dramatique de Radio-Canada avec « le Samaritain ».

1954   Prix de la province de Québec pour *Aaron*.

1958   Prix de la province de Québec pour *Agaguk*.

1959   Élu membre de la Société royale du Canada.

1961   Prix France-Canada pour *Agaguk*. Hôte du gouvernement soviétique au Festival international du film à Moscou. Voyage en Grèce et en Yougoslavie. Prix du gouverneur général pour *Ashini*.

1964   Président de la Société des écrivains canadiens.

1965-1967 Directeur des Affaires culturelles au ministère des Affaires indiennes à Ottawa.

1971   Prix Molson.

1979   Prix David pour l'ensemble de son œuvre.

| 1982 | Enregistre une série de treize entrevues avec André Carpentier pour la radio de Radio-Canada. |
| 1983 | Le 20 octobre, il meurt à Joliette. |

(Chronologie établie par Aurélien Boivin)

Du même auteur*

La Belle N'Gyak. Montréal, éditions Police-Journal, (sans date), 32 p. (Collection Mon roman d'amour, n° 521).

Contes pour un homme seul. Montréal, éditions de l'Arbre, 1944, 195 p.

La Fille laide, roman. Montréal, Beauchemin, 1950, 223 p.

Les Vendeurs du temple, roman. Québec, Institut littéraire de Québec, 1951, 263 p.

La Vengeance de la mer. Montréal, Publication du Lapin, 1951, 156 p. (Collection Petit Livre populaire).

Le Dompteur d'ours. Montréal, Cercle du livre de France, 1951, 188 p.

Le Drame d'Aurore, l'enfant martyre. Québec, Diffusion du livre, 1952, 168 p. (Sous le pseudonyme de Benoît Tessier, attribué à Yves Thériault).

Aaron. Québec. Institut littéraire de Québec, 1954, 163 p.

Agaguk, roman esquimau. Paris, Bernard Grasset, 1958, 314 p.

---

* Premières éditions seulement

La Revanche du Nascopie. Montréal, Beauchemin, 1959, 60 p. (Collection Aventure et Fantaisie).

Alerte au camp 29. Montréal, Beauchemin, 1959, 62 p. (Collection Aventure et Fantaisie).

Roi de la Côte Nord. La vie extraordinaire de Napoléon-Alexandre Comeau. Montréal, éditions de l'Homme, 1960. 123 p.

La Loi de l'Apache. Montréal, Beauchemin, 1960, 59 p. (Collection Aventure et Fantaisie).

L'Homme de la Papinachois. Montréal, Beauchemin, 1960, 62 p. (Collection Aventure et Fantaisie).

Ashini. Montréal et Paris, Fides, 1960, 173 p.

Amour au goût de mer, roman. Montréal, Beauchemin, 1961, 132 p.

Les Commettants de Caridad, roman. Québec, Institut littéraire de Québec, 1961, 300 p.

Cul-de-sac. Québec, Institut littéraire de Québec, 1961, 223 p.

Séjour à Moscou. Montréal et Paris, Fides, 1961, 191 p.

Le Vendeur d'étoiles et autres contes. Montréal et Paris, Fides, 1961, 124 p. (Collection Rêve et Vie).

Le Rapt de lac Caché. Montréal, Beauchemin, 1962, 60 p. (Collection Aventure et Fantaisie).

Nakika, le petit Algonkin. Montréal, Leméac, 1962, 23 p. (Collection Castor).

La Montagne sacrée. Montréal, Beauchemin, 1962, 60 p. (Collection Aventure et Fantaisie).

Si la bombe m'était contée. Montréal, éditions du Jour, 1962, 124 p. (Collection les Romanciers du Jour).

Avéa, le petit Tramway. Montréal, Beauchemin, 1963, 66 p. (Collection Contes d'Yves Thériault, n° 1).

Les Aventures de Ti-Jean. Montréal, Beauchemin, 1963, 65 p. (Collection Contes d'Yves Thériault, n° 2).

128

Les Extravagances de Ti-Jean. Montréal, Beauchemin, 1963, 64 p. (Collection Contes d'Yves Thériault, n° 3).

Ti-Jean et le Grand Géant. Montréal, Beauchemin, 1963, 67 p. (Collection Contes d'Yves Thériault n° 4).

Maurice le moruceau. Montréal, Beauchemin, 1963, 67 p. (Collection Contes d'Yves Thériault, n° 5).

Nauya, le petit Esquimau. Montréal, Beauchemin, 1963, 62 p. (Collection Contes d'Yves Thériault, n° 6).

Le Grand Roman d'un petit homme. Montréal, éditions du Jour, 1963, 143 p. (Collection les Romanciers du Jour).

Le Ru d'Ikoué, roman. Montréal et Paris, Fides, 1963, 96 p.

La Rose de Pierre. Histoires d'amour. Montréal, éditions du Jour, 1964, 135 p. (Collection les Romanciers du Jour).

Zibou et Coucou. Montréal, Leméac, 1964, 23 p. (Collection Castor).

Les Temps de Carcajou, roman. Québec, Institut littéraire de Québec, 1965, 244 p.

La Montagne creuse. Montréal, Lidec, 1965, 140 p. (Collection Lidec Aventures).

Le Secret de Mufjarti. Montréal, Lidec, 1965, 135 p. (Collection Aventures et Fantaisie).

Les Dauphins de Monsieur Yu. Montréal, Lidec, 1966, 142 p. (Collection Lidec Aventures).

Le Château des petits hommes verts. Montréal, Lidec, 1966, 134 p. (Collection Lidec Aventures).

Le Dernier Rayon. Montréal, Lidec, 1966, 139 p. (Collection Lidec Aventures).

L'Appelante. Montréal, éditions du Jour, 1967, 125 p. (Collection les Romanciers du Jour).

La Bête à 300 têtes. Montréal, Lidec, 1967, 118 p. (Collection Lidec Aventures).

Les Pieuvres. Montréal. Lidec, 1967, 127 p. (Collection Aventures et Fantaisie).

L'Île introuvable, nouvelles. Montréal, éditions du Jour, 1968, 173 p. (Collection les Romanciers du Jour).

Kesten. Montréal, éditions du Jour, 1968, 123 p. (Collection les Romanciers du Jour).

Mahigan, récit. Montréal, Leméac, 1968, 107 p.

Le Marcheur, pièce en trois actes. Présentation de Renald Bérubé. Montréal, Leméac, 1968, 110 p.

La Mort d'eau. Montréal, éditions de l'Homme, 1968, 116 p.

N'tsuk. Montréal, éditions de l'Homme, 1968, 106 p.

Les Vampires de la rue Monsieur-le-Prince. Montréal, Lidec, 1968, 143 p. (Collection Aventures et Fantaisie).

Antoine et sa montagne. Montréal, éditions du Jour, 1969, 170 p. (Collection les Romanciers du Jour).

Tayout, fils d'Agaguk. Montréal, éditions de l'Homme, 1969, 158 p.

L'Or de la felouque, roman. Québec, Jeunesse, 1969, 138 p. (Collection Plein Feu, n° 6).

Le Dernier Havre. Montréal, l'Actuelle, 1970, 142 p.

Valérie. Montréal, éditions de l'Homme, 1969, 123 p.

Fredange, suivi de *les Terres neuves*, pièces en deux actes. Introduction de Guy Beaulne. Montréal, Leméac, 1970, 146 p.

La Passe-au-crachin. Montréal, Ferron éditeur, 1972, 156 p.

Le Haut Pays, roman. Montréal, Ferron éditeur, 1973, 111 p.

Agoak, l'héritage d'Agaguk. Montréal, Quinze, 1975, 236 p.

Œuvre de chair. Illustrations de Louisa Nicol. Montréal, Stanké, 1975, 170 p.

Moi, Pierre Huneau, narration. Illustrations de Louisa Nicol, Montréal, Hurtubise HMH, 1976, 135 p. (Collection l'Arbre).

Les Aventures d'Ori d'Or. Montréal, éditions Paulines, 1979, 45 p. (Collection Boisjoli).

Cajetan et la Taupe. Montréal, éditions Paulines, 1979, 15 p. (Collection les Contes du pays, n° 1).

La Quête de l'ourse. Montréal, Stanké, 1980, 384 p.

Le Partage de minuit, roman. Montréal, Québécor, 1980, 203 p.

Popok, le petit Esquimau, Montréal, Québécor, 1980, 103 p. (Collection Jeunesse).

L'Étreinte de Vénus, contes policiers. Montréal, Québécor, 1981, 180 p.

La Femme Anna et autres contes. Préface de Victor-Lévy Beaulieu. Montréal, VLB éditeur, 1981, 321 p.

Pierre Gilles Dubois. Préface d'André Fortier, photographies de Christian Dubois. La Prairie, Marcel Broquet, éditeur 1981, 108 p. (Signatures).

Valère et le Grand Canot, récits. Préface de Victor-Lévy Beaulieu. Montréal, VLB éditeur, 1981, 286 p.

Kuanuten (Vent d'est). Montréal, éditions Paulines 1981, 125 p. (Collection Jeunesse-pop).

L'Herbe de tendresse, récits. Préface de Victor-Lévy Beaulieu. Montréal, VLB éditeur, 1983, 238 p.

Le Coureur de marathon. Idée originale et photographie de Jules Gauvreau. Montréal, Hurtubise HMH, 1983, n.p.

Le Choix de Marie José Thériault dans l'œuvre d'Yves Thériault. Charlesbourg, Presses Laurentiennes, 1986, 78 p.

On consultera avec avantage la *Bibliographie analytique d'Yves Thériault*, de Denis Carrier (Québec, Centre de recherche en littérature québécoise, 1985, 326 p.) ; *Yves Thériault et l'Institution québécoise*, de Hélène Lafrance (Québec, Institut québécois de recherche sur la culture, 1984, 174 p.) ; *le Dictionnaire des œuvres littéraires du Québec*, sous la direction de Maurice Lemire (Montréal, Fides, tome III, 1982 ; tome IV, 1984 ; tome V, 1987).

Table

Typographie et mise en pages sur micro-ordinateur :
MacGRAPH, Montréal.

Achevé d'imprimer en août 1989 sur les presses des
Ateliers Graphiques Marc Veilleux, à Cap Saint-Ignace

Imprimé au Québec (Canada)